ハヤカワ文庫 FT
〈FT588〉

キングキラー・クロニクル①

風の名前 1

パトリック・ロスファス
山形浩生・渡辺佐智江・守岡 桜訳

早 川 書 房

7947

本を愛し、ナルニアやパーン、中つ国《ミドルアース》への扉を開いてくれた母に捧げる
そして何をやるにしても、時間をかけてきちんとやれと教えてくれた父に捧げる

謝辞

初期の草稿を読んでくれた読者すべてに感謝する。数はいちいち名前を挙げきるには多すぎるが、愛するのに多すぎるということはない。わたしが書き続けたのもあなたたちの激励のおかげだ。改善を続けられたのは、みんなの批判あってこそ。あなたたちがいなければ勝ち得られたはずのない……

「未来の作家」コンテストにも感謝。このワークショップがなければ、このコンテスト作家のアンソロジー十八巻に掲載されたすばらしい同門の仲間たちにも会えなかったし、同じく会えなかったはずの……

ケヴィン・J・アンダーソンにも感謝。彼のアドバイスのおかげで出会った、最高のエージェントである……

マット・ビアラーにも感謝。彼の導きがなければ、おそらくこの本を決して……

DAWの人気編集者にして社長のベッツィー・ウォルハイムにも売りこめなかっただろう。彼女がいなければ、あなたはこの本を手に持っていなかった。似たような本ならあったかもしれないが、本書は存在しなかっただろう。

そして最後に、わが高校時代の歴史教師ボハゲ氏にも感謝する。一九八九年にわたしは、処女長篇で彼の名前を出すと約束した。こうしてその約束を守りましたよ。

主な登場人物

コート　宿屋道の石亭の亭主。赤髪。
クォート　伝説の秘術士。炎のような赤い髪を持ち、「無血のクォート」「王殺しのクォート」など多くの異名を持つが、すでに死んだと言われている。
バスト　道の石亭で働く黒髪の若者。主人を「レシ」「先生」と呼ぶ。
コブ　道の石亭の常連客。
グレアム　道の石亭の常連客。
ジェイク　道の石亭の常連客。
シェップ　道の石亭の常連客。
坊主　道の石亭の常連客。村の鍛冶屋の見習。
カーター　道の石亭の常連客。
ケイレブ　村の鍛冶屋。

デヴァン・ロッキース　紀伝家。トレヤへ向かう旅の途中で道の石亭に立ち寄る。だれもが認める優れた語り部、記憶する者、物語の記録者。クォートの友人スカルピの仲間。『ドラッカス類の交配習性』の著者。

勇者タボーリン　伝説の魔法使い。風の名前を知り、炎と稲妻を呼び出して魔物を滅ぼしたと伝えられる。

チャンドリアン　青い炎を伴って現われると噂される正体不明の殺戮集団。テム語のチェン-ディアン（七人の者たち）に由来する。

テフル　この世を作り、あらゆるものの主であると考えられている神。

グレイファロウ　男爵。エディーマ・ルーである旅芸人一座のパトロン。

クォートの父　元宮廷芸人。旅芸人一座の長。ずばぬけた歌い手であり演奏家。名はアーリデン。

クォートの母　元貴族。クォートの父を情熱的に愛する。

トリップ　旅芸人一座の道化師。

シャンディ　旅芸人一座の踊り子。

アベンシー（ベン）　秘術士。旅芸人一座に同行し、クォートにさまざまな知識を授ける。

ランレ　伝説の戦士。「ドロッセン・トールのブラク（戦闘）」において、自分の命と引き換えに勝利をもたらしたと伝えられる。

ライラ　ランレの妻。声の力で人を殺したり、雷雨を鎮めたりできたと伝えられる。

イリエン　旅芸人たちの伝説の英雄。数多くのすぐれた楽曲を作曲したほか、リュート作りの名人でもあった。

セス　親切な老いた農夫。

ジェイク　セスの息子。

暦

●「一旬間（じゅんかん）」は次の七日十四日から成る。一旬間＝十一日。「一旬」と表記されることもある。

黄（おう）の日
振（しん）の日
生（せい）の日
鉄（てつ）の日
序（じょ）の日
目（もく）の日
茶（ちゃ）の日
伐（ばつ）曜日
奪（だつ）曜日
焚（ふん）曜日
喪（も）曜日

●四旬間をまとめて「月」とする。
一カ月＝四十四日。

●一年は次の八カ月十七日から成る。
一年＝三百五十九日。

融月（ゆうづき）
均月（きんづき）
哀月（あいづき）
安月（やすづき）
羊月（ようづき）
刈月（かりづき）
閑月（かんづき）
欠月（かけづき）
大喪（たいそう）の七日

通貨単位

●セアルドの貨幣（ほぼどこでも通用）

マルク（金貨）　一マルク＝十タラント
タラント（銀貨）　一タラント＝十ジョット
ジョット（銅貨）　一ジョット＝十ドラブ
ドラブ（鉄貨）　一ドラブ＝十一〜十四シム
シム（鉄貨）　非公式な小額通貨。粗悪な鉄製で、重さで測られる。

●連邦の貨幣（タルビアン周辺）

ペニー銀貨　一ペニー銀貨＝十ペニー銅貨
ペニー銅貨　一ペニー銅貨＝五ペニー鉄貨
ペニー鉄貨　一ペニー鉄貨＝二半ペニー鉄貨
半ペニー鉄貨

●ヴィンタスの貨幣（道の石亭）

ノーブル（銀貨）　一ノーブル＝二ハフト
ハフト（銀貨）　一ハフト＝十ビット
ビット（銀貨）　一ビット＝二・五ペニー
ペニー（銅貨）　一ペニー＝二半ペニー
半ペニー（銅貨）

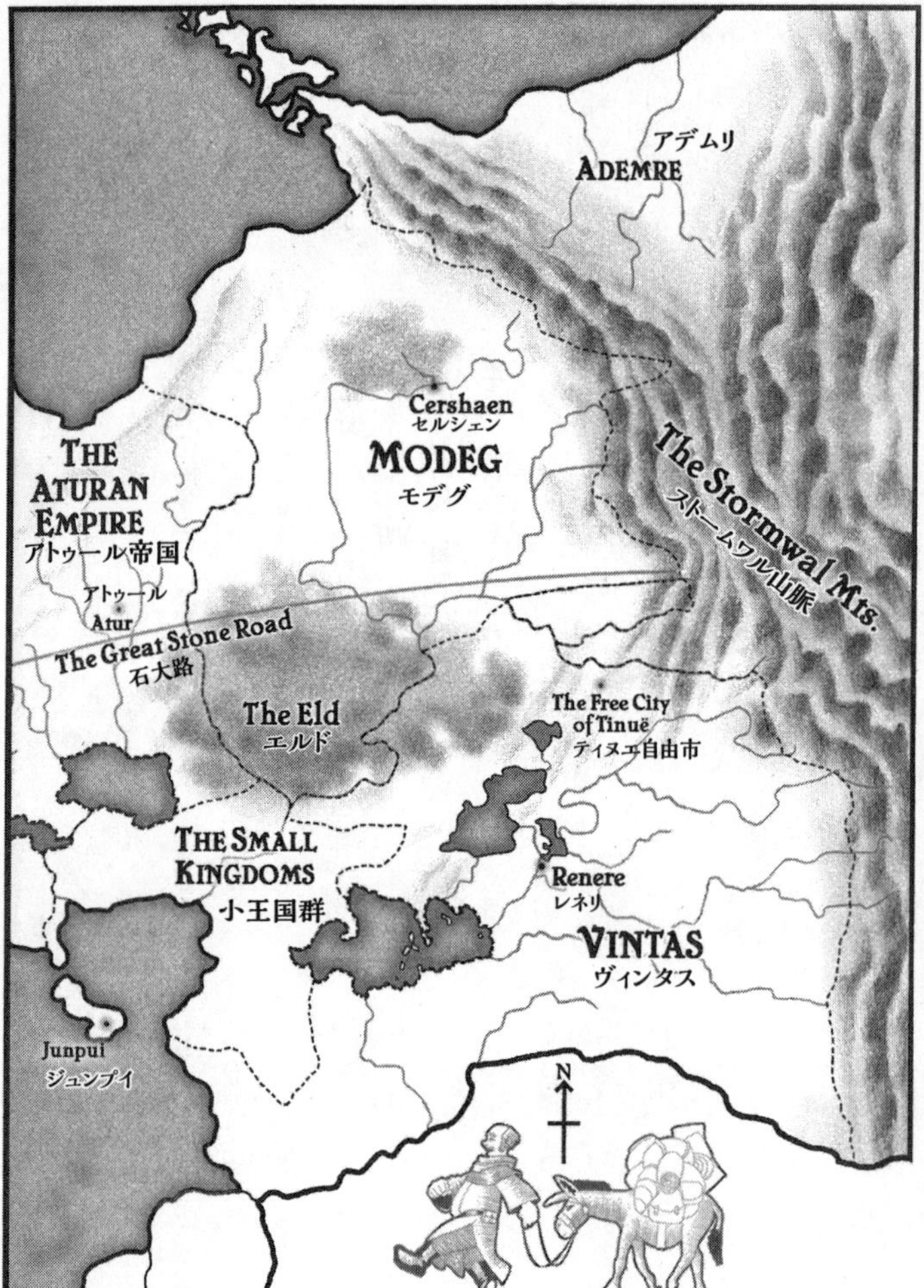

アデムリ
ADEMRE
Cershaen
セルシェン
MODEG
モデグ
The Stormwal Mts.
ストームワル山脈
THE
ATURAN
EMPIRE
アトゥール帝国
アトゥール
Atur
The Great Stone Road
石大路
The Eld
エルド
The Free City
of Tinuë
ティヌエ自由市
THE SMALL
KINGDOMS
小王国群
Renere
レネリ
VINTAS
ヴィンタス
Junpui
ジュンプイ
N

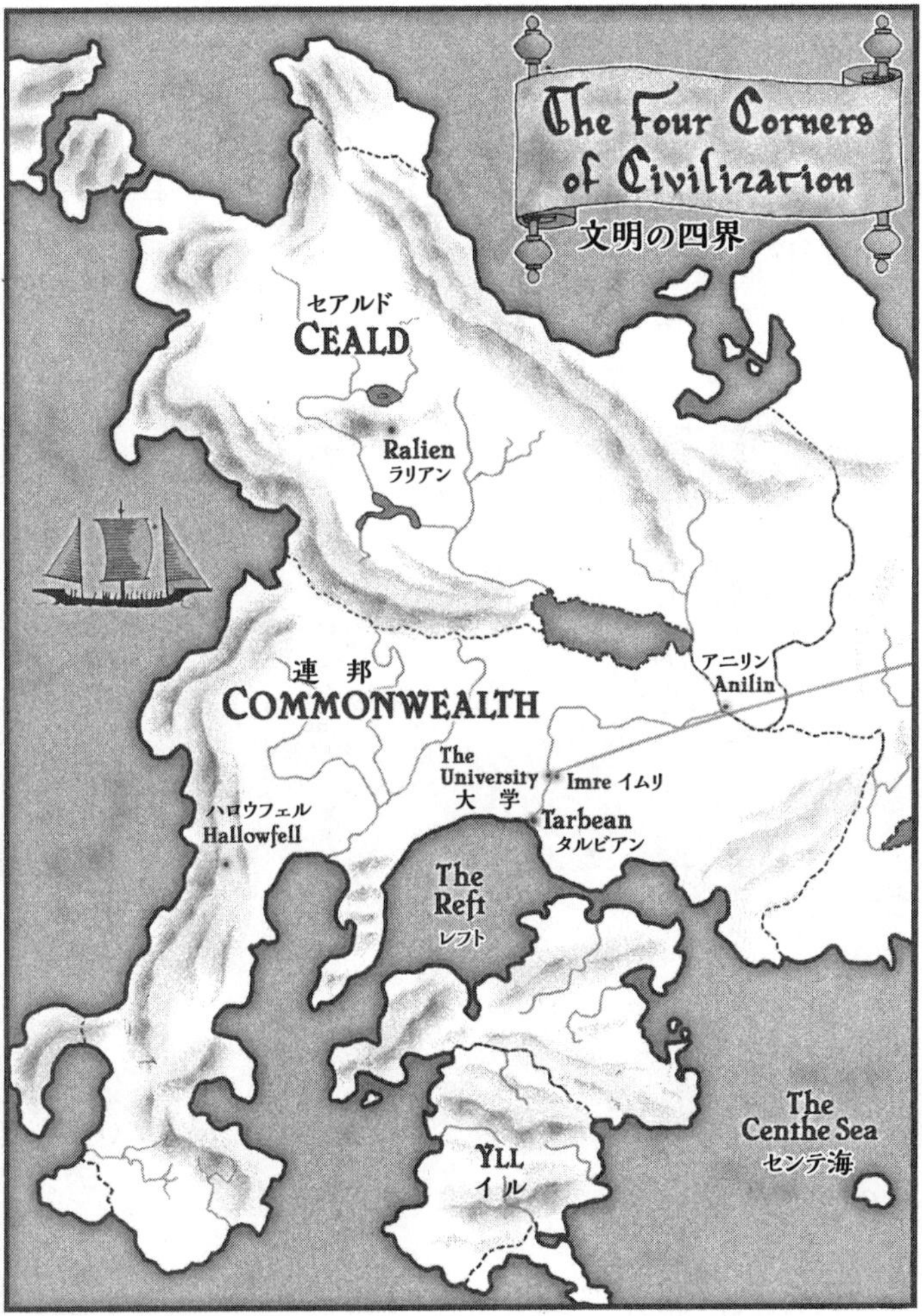
The Four Corners of Civilization
文明の四界
セアルド
CEALD
Ralien
ラリアン
連　邦
COMMONWEALTH
アニリン
Anilin
The University
大　学
Imre イムリ
ハロウフェル
Hallowfell
Tarbean
タルビアン
The Reft
レフト
YLL
イル
The Centhe Sea
センテ海

目次

キングキラー・クロニクル
第1部（第1日）

風の名前

1

序　三つの静寂

再び夜が訪れた。道《みち》の石亭《いし》は静寂の中にあり、その静寂には三つの沈黙が潜んでいた。

いちばんはっきりとわかるのは、そこにないものが作り出す、虚《うろ》のような反響する静寂。もしも風が吹いていたなら、風はため息のような音を立てて木々のあいだを通り抜け、腕木から下がる宿の看板をきしらせ、あとを追うように走る枯れ葉のごとく、道をかすめて静寂を運び去っていただろう。もしも宿に人が集《つど》っていたなら、それがたとえ数人でも、真夜中の居酒屋ではあたりまえの談笑、ざわめきやどよめきで、その静寂はうずめられていただろう。もしも音楽が流れていたなら……だが、もちろん音楽など聞こえてはこなかった。そういったものはいっさい存在せず、ただ沈黙が流れ続けたのである。

道の石亭の中では、二人の男がカウンターの隅で身を寄せ合っていた。気にかかる噂を深刻に論じ合うようなことは避け、黙ってひたすら酒を飲んでいた。そのため、小さく陰鬱《いんうつ》な沈黙がより大きく虚《うつ》ろな沈黙に添えられ、うまい具合に点景を作り出していたのである。

三番目の静寂は、すぐにそれとわかるものではなかった。一時間耳をすましていれば、足元の木の床や、カウンターの向こうに置かれたざらざらしてトゲのある樽の中に、やっと探りあてられるかもしれない。それは、炎が消えても長いこと熱を保っている、黒い石でできた炉の重みに宿っていた。それは、カウンターの木目に沿ってゆっくりと行ったり来たりする白い布の動きの中にあった。そしてそれは、カウンターのところに立ち、ランプの明かりに照らされてすでに光沢を放っている長いマホガニーの板を磨く、男の両手に宿っていた。

その男の髪の毛は深紅、炎のような赤。目は暗く、彼方を見るかのようだ。そして多くのことを知る者に備わった、節度ある迷いのない物腰。

道の石亭は彼のものであった。三番目の静寂が彼のものであるように。これは理にかなっていた。それは三つの静寂の中で最大の静寂で、ほかの静寂を包みこんでいたのだから。それは秋の終わりのように、底深く、どこまでも広がっていた。それは川の水でなめらかになった巨石のようにずっしりと重かった。それは、死を待つばかりの、辛抱強い、切り花の音のような男であった。

第一章　魔物たちの場所

伐《ばつ》曜夜のこと。常連が道の石亭に勢ぞろいしていた。五人では大勢とも言えぬが、近ごろ道の石亭では五人以上の客などお目にかかったこともない。そういうご時勢だったのである。

コブじいさんの役まわりは、物語を話して聞かせ、忠告を与えることだった。カウンターに向かう男たちは、酒を飲みつつ耳を傾けていた。奥の部屋では、宿を切り盛りする若い亭主が扉の陰に姿を隠し、笑みを浮かべながら、おなじみの物語が子細に語られるのに聞き入っている。

「勇者タボーリンが目を覚ますと、高い塔に閉じこめられとった。剣を取り上げられ、鍵、硬貨、蠟燭といった持ち物も、何もかもはぎ取られとっての。だがそれだけじゃあすまんかった……」コブはここで、気を持たせようとひと呼吸置いた。「……壁のランプがどれも青く燃えとったんじゃ！」

グレアム、ジェイク、シェップがうなずいた。三人は友だち同士で、コブの語る話を聞き、忠告を無視して、ともに成長してきた。

最近数少ない聞き手の中に加わり、ほかの三人よりも熱心に聞き入る鍛冶屋の見習いを、コブが間近に見据えた。「坊主、これがどういうことかわかるか？」その場のだれより十センチは背が高いのに、鍛冶屋の見習いはみんなに〝坊主〟と呼ばれていた。小さな町の常として、その名は当分そのままだろう。髭が生えそろうか、あるいは坊主呼ばわりをとがめて相手の鼻づらを血まみれにするまでは。

坊主はゆっくりと一つうなずいた。「チャンドリアンだ」

「そのとおり」とコブが応じた。「チャンドリアン。青い炎はやつらのしるしの一つだってことはみんな知っとる。するとタボーリンは……」

「だけどやつら、どうやってタボーリンを見つけたんだい？」と坊主が口を挟んだ。「それに、なんで殺せるときに殺しとかなかったんだよ」

ジェイクが答えた。「黙ってろ、最後まで聞けば全部わかるから。じいさんにしゃべらせとけ」

「ほっとけ、ジェイク」とグレアム。「坊主は知りたいだけなんだから。酒飲め」

「もう飲んじまったよ」とジェイクがぼやいた。「おかわりがいるのに、亭主は奥の部屋でまだネズミの皮はいでやがる」声を上げ、空《から》のジョッキをマホガニーのカウンターに打ちつける。「いよう！　おれたち喉《のど》渇いてんだけどな！」

宿の亭主が、シチューを入れた器五つと、温かい丸いパンを二つ手にして現われた。そして、ジェイク、シェップ、コブじいさんに、きびきびと手ぎわよくビールを注いでまわった。

物語を中断して、男たちは食事に集中した。コブじいさんは、ひとり身で通してきた者特有の貪《むさぼ》らんばかりの勢いで、すばやくシチューを平らげた。ほかの者たちは、じいさんが自分のパンを食べ終えてまた物語を話し始めたときもまだ、器から立ちのぼる湯気を吹いていたのだった。

「それで、タボーリンは逃げ出そうとしたんじゃが、あたりを見まわすと、その部屋には扉がない。窓もない。あるのはつるつるした堅い石だけ。これまでだれ一人として脱け出すことのできなかった独房だったんじゃよ。

しかしタボーリンはあらゆるものの名前を知っとってな、あらゆるものは彼の命令に従ったんじゃ。石に〝割れよ！〟と言うと、石は割れた。壁が紙切れみたいに裂け、その穴からタボーリンは空を見て、かぐわしい春の空気を吸うことができた。縁に歩み寄り、見下ろすと、なんのためらいもなく空中に踏み出した……」

坊主が目を見開いた。「まさか！」

コブが真顔でうなずく。「そしてタボーリンは落ちていったが、絶望してはおらんかった。勇者は風の名前を知っていたから、風が彼に従っての。風に語りかけると、風はタボーリンをそっとかき抱《いだ》いた。風はタボーリンをひと吹きのアザミの冠毛が地面に着くときのようにそうっと運び、母親の口づけほどもやわらかく両足で着地させたんじゃ。そして地面に降りて刺された脇腹を触ると、それが引っかき傷より軽いものだとわかった。運がよかったのかもしれないし」と、コブは心得たように自分の鼻の脇をちょんと叩いた。「シャツの下につけていたお守りのおかげだったのかもしれん」

「お守りって？」と、シチューを口いっぱいに頬張ったまま、坊主が熱心に訊いた。

コブじいさんはこれで事細かに語れるぞとうれしがって、腰掛けの上で体をそらした。「何日か前、タボーリンは道中で一人のよろず屋と出会った。タボーリンはほとんど食べ物を持っていなかったのに、その老人に食事をめぐんでやったんじゃよ」

「実に賢明なことだぜ」とグレアムが坊主に小声で言った。「だれでも知ってる。〝よろず屋は親切倍返し〟って」

「そりゃちがう」とジェイクがぶつぶつ言った。「正しく言いなよ。〝よろず屋の忠告は親切の倍返しの値〟だろ」

ここで宿の亭主が、その晩初めて口を開いたのである。カウンターの向こうの戸口に立ってこう語ったのだ。「それでは半分以上も抜かしてますね。

〝よろず屋は返済信用石のごとし
通常取引は掛け値なし
無料《ただ》の助けは二倍返し
侮辱されたら三倍増し〟」

カウンターの男たちは、亭主コートが立っているのを見て驚いた様子であった。みなはもう何カ月も伐曜の夜になると道の石亭へ通ってはいたのであるが、いまだかつてコートは一度たりとも口を挟まなかったのだ。もちろん、それもまったく無理のないことであろう。この町に来てからほんの一年ほどで、まだこの町の一員と思われてはいなかったのだから。鍛治屋の見習いは十一歳からここに住んでいるが、いまだに〝あのラニッシュの坊主〟と呼ばれている。ラニッシュは五十キロも離れていない町なのに、それがどこかよその国だとでも言うように。

「一度聞いたことがあって」とコートは言って沈黙をかき消そうとした。明らかにきまり悪そうだった。

　コブじいさんはうなずくと、咳払いしてまた語り出した。「さて、このお守りはバケツいっぱいの金貨ほども値打ちがあったんじゃがの、よろず屋はタボーリンの親切に感謝して、鉄の硬貨一枚、銅貨一枚、銀貨一枚だけで売ってやった。このお守りは冬の夜みたいに真っ黒で、氷みたいに冷たかったが、首にかけているかぎり、タボーリンには邪悪なものの危害は及ばん。魔物とかそんなのじゃな」

「近ごろなら、おれだってそういうものにだったら大枚はたくぜ」とシェップが陰鬱に言った。シェップはその夜だれよりも酒を飲み、だれよりも口数が少なかった。この前の焚《ふん》曜の夜に彼の農場でよくないことがあったのは周知のことだったが、気心の知れた友人たちなので、詮索しないほうがいいと心得ていた。少なくとも、まだ夜も浅いうち、互いに素面《しらふ》のうちは。

「ああ、そうじゃな」とコブじいさんが思慮深げに言い、ゆっくりとひと口飲んだ。

「チャンドリアンが魔物だなんて知らなかったよ」と坊主。「おれが聞いたのは……」

「魔物じゃない」とジェイクがきっぱり言った。「彼らはテフルが選んだ道を拒んだ最初の六人で、辺土をさまようようテフルが呪いをかけて……」

「この物語を語るのはおまえかね、ジェイコブ・ウォーカーよ」とコブが鋭く言った。

「もしそうなら、このままおまえに先を語ってもらおうじゃないか」

二人の男はしばらくにらみ合っていたが、やがてジェイクが目をそらし、お詫びらしきものを口にした。

コブが坊主に顔を向け、説明した。「それがチャンドリアンの謎なんじゃよ。どこから来るのか。血なまぐさい行ないをやったあとでどこへ行くのか。魂を売った連中なのか。魔物か。霊か。だれも知らん」コブはジェイクに、心の底から蔑《さげす》むような視線を向けた。「まぬけどもはみんな、知っていると言い張るがの……」

物語をめぐって、さらに激しい口論になった。チャンドリアンの正体、注意深い者たちに存在を示すしるし、お守りは悪党や狂犬や落馬からもタボーリンを守るのか。やりとりが激しくなってきたところで、入口の扉がバンと開いた。

ジェイクが目をやった。「いいとこに来たよ、カーター。このバカに魔物と犬の違いを教えてやってくれ。だれでも知っ……」ジェイクは言葉を切り、扉に走った。「ご神体にかけて、どうしたんだ？」

明かりの中に踏み入ったカーターは、顔は青ざめ、血にまみれていた。古びた鞍敷《くらしき》を胸元にしっかり抱いている。それは、もつれた焚きつけ用の枝をくるんでいるように、不格好だった。

友だち連中は、その姿を見るなり腰掛けから飛び出して駆け寄った。「だいじょうぶだよ」とカーターが、のろのろと部屋の真ん中に進みながら言う。怯えた馬のように狂った目をしている。「だいじょうぶ。だいじょうぶだから」

包みになった鞍敷を近くにあったテーブルに落とすと、それは石が詰まっているように強く木を叩いた。カーターの服には、長くまっすぐな切りこみがいくつも十字に交差していた。灰色のシャツがぼろぼろになってだらりと下がっていた。赤黒く体に粘りついているところをのぞいては。

グレアムがカーターを椅子に促そうとした。「なんてことだ。座れよ、カーター。何があったんだ？　座りなよ」

カーターはかたくなに首を振った。「言っただろう、だいじょうぶだって。そんなにひどくないから」

「相手の数は？」とグレアム。

「一。だけどおまえが思ってるのとは違う……」

「まったく。だから言わんこっちゃない、カーター」とコブじいさんが、親戚や親しい友人だけが見せる、怯えて怒ったような様子でまくしたてた。「あれほど言って聞かしたじゃろが。一人で出かけちゃいかんって。バーデンくらいでも。危ないって」ジェイクはじいさんの腕に片手を置き、なだめた。

「とにかく座れよ」とグレアムが言い、またカーターを椅子に座らせようとした。「シャツを脱げ。体を洗ってやる」

カーターがかぶりを振った。「平気だよ。ちょっと切られたけど、血はほとんどネリーのだから。あいつがネリーに飛びかかったんだ。町から三キロはずれたとこの、古石橋を過ぎたあたりでネリーを殺した」

その報告に、深刻な沈黙が流れた。鍛冶屋の見習いが同情し、カーターの肩に片手を置いた。「くそう。つらいな。羊みたいにおとなしい馬だったのに。蹄鉄《ていてつ》をつけるのに連れられてきたときも、絶対にかんだり蹴ったりしなかった。町でいちばんの馬だよ。くそう。おれ……」言葉をなくす。「くそう。なんて言ったらいいのかわかんないよ」力なくあたりを見まわす。

コブがようやくジェイクの腕を振りほどいた。「言わんこっちゃない」と繰り返し、カーターに向かって指を一本振る。「このところはした金のために殺す輩《やから》が出没しとる。馬や荷車を手に入れるためならなおさらだ。これからどうするつもりだ？　自分で荷車を牽《ひ》くのか？」
しばらく間が悪いほどに静かになった。ジェイクとコブがにらみ合っているあいだ、
ほかの者たちは途方に暮れて、友だちをどうなぐさめたらいいのかわからない様子であ
る。
亭主が沈黙の中を注意深く動いた。両手いっぱいにものを抱え、すばやい足取りでシ
ェップのまわりを歩き、近くのテーブルにものを並べ始めた――お湯を張った器、裁《た》ち
鋏《ばさみ》、清潔な布、ガラス瓶数本、針とてぐす。
「そもそもわしの言うことを聞いとったら、こんなことにはならなんだ」とコブがつぶ
やいた。ジェイクが黙らせようとしたが、コブは払いのけた。「本当のことを言ってる
だけじゃ。ネリーはかわいそうなことをしたが、これで言うことを聞かなきゃこいつも
死ぬぞ。そういう男どもを相手に、二度まで運よくいくわけがない」
カーターが唇を引き締め、血だらけの鞍敷の端に手をかけ、引っ張った。中のものが
一回引っくり返り、布をこすった。またいちだんと強く引っ張ると、テーブルの上で、
平たい川の石が入った袋が引っくり返ったような音がカタカタと鳴った。
それは、荷馬車の車輪ほども大きく、粘板岩《スレート》ほども黒い一匹のクモであった。
鍛冶屋の見習いは後ろに飛びのき、体をテーブルにぶつけて倒し、自分も床に倒れそ

うになった。コブの顔が呆《ほう》けたようになった。グレアム、シェップ、ジェイクは、驚いて言葉にならない声を上げ、離れ、手を顔に持っていった。カーターが一歩下がったが、それはほとんど痙攣のようだった。部屋に、冷や汗のような沈黙が満ちた。

宿の亭主が眉をひそめ、「まだこんな西まで来ているはずがない」とつぶやいた。静まり返っていなければ、だれにも聞こえなかっただろう。だが聞こえた。みんな目をテーブルの上の物体《もの》から離し、びっくりして赤毛の男を見つめる。

ジェイクがまず口を開いた。「こいつがなんなのか、知ってんの？」

亭主の目は、遠くを見ていた。「スクラエルだ」と上の空で言う。「信じられん。山があるからこんなことは……」

「スクラエルだと？」とジェイクが口を差し挟んだ。「黒焦げのご神体にかけて、コート。この手の代物を見たことあるのか？」

「え？」赤毛の亭主が、いきなり我に返ったように鋭く目を上げた。「あ。いや。いいえ、もちろんありません」その黒っぽいもののすぐ近くにいるのは自分だけだとわかり、一歩適度な距離まで下がった。「聞いたことがあるんですよ」全員、亭主を見つめる。「二旬間《じゅんかん》ほど前にやって来た商人を覚えていますか？」

全員がうなずく。「あの野郎、二百グラムちょっとの塩に十ペニーふっかけようとしおった」とコブが思い返し、これで百回目かというほどそれについて文句を言った。

「いくらか買っておけばよかったな」とジェイクがつぶやくと、グレアムが無言でうなずいた。

「あいつは薄汚いケチじゃよ」とコブが得意のせりふを持ち出して吐き捨てた。「品不足の時なら二は払ってもいいが、十なんてぼったくりじゃ」

「ああいうのがそのへんにもっとはびこってんならそうでもないぜ」とシェップが陰気に言った。

全員がまたテーブルの上のものに目をやった。

「メルコムの近くでそれのことを耳にしたと商人が言っていました」とコートが、テーブルの上にあるものを観察しているみんなの顔を見ながら、早口に言った。「そういう話で値段をつり上げようとしているのだろうと思いました」

「何かほかに言ってた？」とカーター。

亭主は少し考える様子をしてから、肩をすくめた。「話を全部聞いたわけじゃない。商人が町にいたのは二時間ほどでしたから」

「クモはきらいだ」と鍛冶屋の見習い。見習いはずっと、テーブルから五メートルほど離れた反対側にいた。「覆いをしてくれよ」

「クモじゃない」とジェイク。「目がねえもん」

「口もない」とカーター。「どうやって食べるんだ？」

「何を食べるんだ？」とシェップが陰気に言った。

亭主は興味深げにそれを見つめ続けた。体を寄せ、片手を伸ばす。全員がさらににじりとテーブルから離れた。

「気をつけて。そいつの脚、ナイフみたいに鋭いんだ」とカーター。

「というよりかみそりのようですね」とコート。長い指で、スクラエルの黒く特徴のない体をさっとなでる。「なめらかで硬い。陶器のように」

「手を出しちゃだめだって」と鍛冶屋の見習い。

「陶器ではありませんね」と訂正する。それをテーブルの端に置いて体重をかけると、
亭主はなめらかな長い脚の一本を注意深く手に取り、両手で枝のように折ろうとした。パキッという音を立てて折れた。

「石に近い」カーターを見上げる。「どうやってこんなにひびが入ったんです？」なめらかな黒い体の表面に細かく入ったひびを指さした。

「ネリーがそいつの上に倒れたんだ」とカーター。「そいつが木から飛び出して、ネリーの上を這いまわって、脚で切りつけたんだ。ものすごい速さだから、何が起きてるの

かわからないくらいだったよ」カーターはグレアムに強く促されて、ようやく椅子に身を沈めた。「ネリーが引き具にからまって、そいつの上に倒れて、そいつの脚を何本か折った。するとそいつはぼくに向かってきて、襲いかかって体じゅう這いまわったんだ」血まみれの胸の前で腕を組み、身震いする。「どうにか払いのけると、思いきりそいつを踏みつけた。そしたらまた襲いかかってきて……」言葉が消えていき、顔が青ざめる。

亭主は、うなずきながらそれをつつき続けた。「血はない。器官もない。中は特徴がない」一本の指でそれをつつく。「キノコのように」

「偉大なテフルにかけて、放っておきなよ」と鍛冶屋の見習いが切に頼んだ。「クモって、殺したあとにピクピク動くことがあるんだぜ」

「何を言っとるんだ、おまえらは」とコブがぴしゃりと言った。「クモはブタみたいにでかくはならん。これはな」一人ひとりと目を合わせる。「魔物だよ」

みんな壊れたものを見つめた。「え〜、やめてくれよ」とジェイクがほとんどいつもの癖《くせ》で異議を唱えた。「そんなんじゃ……」あやふやな動作をする。「だってまさか……」

だれもがジェイクが何を考えているかわかっていた。この世に魔物たちがいるのは確かだ。でも魔物たちはテフルの天使と同じような、英雄や王と同じような存在でしかない。物語の世界にしかいない。**あっち**にいる。勇者タボーリンは、炎と稲妻を呼び出して魔物を滅ぼした。テフルは手の中で魔物を砕き、怒号とともに恐ろしい虚空に葬った。魔物というのは、幼なじみがバーデン・ブライトへの道すがら踏みつけて殺すようなものではないはずだった。ありえない。

コートは片手で赤毛をかき上げると、沈黙を破った。「確かめる方法はあります」と片方のポケットに手を入れる。「鉄か火です」ふくらんだ革の財布を取り出す。「そして神の御名《みな》」とグレアム。「魔物が恐れるものは三つある――冷たい鉄、混じり気のない火、神の聖なる御名」

亭主の口が一文字になったが、渋い顔をしたわけではない。「そのとおりですね」と言うと、財布の中身をテーブルに空け、ごちゃまぜになった硬貨を指でより分けた。重いタラント銀貨、薄いビット銀貨、ジョット銅貨、欠けた半ペニー銅貨、ドラブ鉄貨。

「どなたかシムをお持ちですか?」

「ドラブを使えばいいじゃないか」とジェイク。「まともな鉄だよ」

「まともな鉄はいりません」と亭主。「ドラブには炭素が含まれすぎている。ほとんど鋼です」

「そのとおり」と鍛冶屋の見習い。「ただし炭素じゃないけどね。鋼をつくるにはコークスを使うんだ。コークスと石灰」

亭主が坊主に向かって丁重にうなずいてみせた。「若だんな、あなたの言うことなら間違いないでしょう。ご商売ですから」

硬貨の山から長い指でようやくシムを見つけ、それを掲げる。「ありました」

「そいつを使うとどうなんの？」とジェイク。

コブの声は自信なさそうだった。「鉄は魔物を殺すんじゃよ。でもこいつはすでに死んどる。何も起こらんかもしれん」

「確かめる方法は一つ」亭主は、相手を測るようにそれぞれと一瞬目を合わせた。それから決然とテーブルに戻ると、全員がさらにじりじりとあとずさりした。

コートがその生き物の黒い脇腹のあたりにシム鉄貨を押しつけると、熱い火の中で松の丸太が弾けるように、短く鋭いパチパチという音を立てた。全員がびっくりしたが、黒いものがそのまま動かないのでほっとした。コブたちは、怪談を聞いて怯える子どものように、不安そうに笑みを交わした。その笑みも、腐りかけた花と燃える髪の毛のような甘い刺激のある匂いが部屋を満たしていくにつれ、こわばっていった。

亭主が、カチッという音を一つ立ててテーブルにシムを押しつけた。「さて」と前掛けで両手をぬぐう。「これでいまの話は片づいた。さあどうしましょうか」

数時間後、亭主は道の石亭の戸口に立ち、暗闇に目を預けていた。宿の窓から漏れるランプの明かりが、道と、向かい側の鍛冶屋の扉に届いていた。広い道ではなく、人通りも少ない。ほかの道とは違い、どこかに続いているようにも見えない。亭主は秋の空気を深く吸いこむと、何かが起こるのを待っているように、落ち着かない様子であたりを見まわした。

彼はコートと名乗っていた。ここにやって来たとき、慎重に名前を決めた。新たな名をつけた理由のほとんどはどこにでもあるものだったが、いくつか特別な理由もあった。その理由の一つは、名前が彼にとって重要なものであったということだ。

見上げると、月のない深々としたベルベットのような夜空で千もの星がまたたいているのが見えた。彼はすべての星を知っていた。その物語、その名前を。自分の手を知っているように、親しくそれを知っていた。

目を戻すと、知らず知らずため息をつき、中へ戻っていった。扉に鍵をかけ、宿の大きな窓をすべて閉めた。星と、そのさまざまな名前から自分を遠ざけようとするように。

隅々まで入念に床を掃く。忍耐強くかつ効率的に、テーブルとカウンターを拭く。仕事を終えた一時間後、バケツの水は淑女が手を洗えるほどに澄んだままだった。最後に、カウンターの後ろの腰掛けに座り、二つの大きな樽のあいだに並べられたたくさんの瓶を磨きにかかった。ほかの作業ほど手ぎわがいいとはとても言えず、磨く作業は瓶に触って手に持つ口実にすぎないことがまもなく明らかになった。知らぬ間に軽く鼻唄まで歌っていた。気づいていたらやめていただろう。

長く優美な手の中で瓶を転がしていると、いつもの動作をすることで顔に数本あった疲れたしわが消え、さっきよりも若く見えた。どう見ても三十歳前に。三十歳よりずっと下に。宿の亭主というには若く、顔に何本もの疲れたしわが残っている男にしては若く。

階段を登って二階に着くと、コートは扉を開けた。部屋は質素で、修道士の部屋さながらだった。黒い石の暖炉が中央にあり、椅子が二脚、小さな机が一つ。そのほかの家具は幅の狭い寝台だけで、その足元に大きな黒い収納箱が置かれている。壁には飾りはなく、木の床には何も敷かれていない。

廊下から足音が聞こえ、若い男が、湯気を立てこしょうの香りを放つシチューが入った器を手に部屋に入ってきた。黒髪で魅力的、すぐに消える微笑み、抜けめのない目。「こんなに遅かったのはしばらくぶりだね」と、器を手渡す。「今夜の物語はさぞおもしろかったんだろうね、レシ」

レシとは亭主のもう一つの名前で、愛称に近かった。その響きを耳にすると、彼は口の一方の端を引っ張ってゆがんだ微笑みをつくり、暖炉の前の深々とした椅子に身を沈めた。「それで、今日は何を学んだのかな、バスト」

「今日はね、ご主人さま、恋に夢中な人が偉大な学者より視力がいい理由《わけ》を学んだよ」

「その理由とは何かな、バスト」コートがおもしろそうに尋ねた。

バストは扉を閉めて戻ると、自分の教師と暖炉に向き合うように二つ目の椅子を置きなおし、そこに座った。その動きは、踊っているように不思議に繊細で優雅だった。

「レシ、豊かな書物は建物の中の暗がりにあるんだ。でも愛らしい女の子たちは外で太陽の光を浴びているから、目を悪くする危険をおかすことなく、書物よりもずっと楽に研究できるんだよ」

コートがうなずく。「だが、ずば抜けて賢い生徒は書物を外に持ち出して、大切にしている視力を弱めずに教養を高めることができる」

「同じことを考えたよ、レシ。おれはずば抜けて賢い生徒だからね」

「もちろん」

「でも本を読める日だまりを見つけたら、きれいな女の子がやって来たんで、そういうことができなくなっちまったんだよね」とバストは大げさに締めくくった。

コートがため息をついた。「すると今日は『セラム・ティンチャー』を読めなかったということかい？」

バストは恥じ入った様子をしてみせた。

コートは暖炉の火を見つめながら厳しい顔をしてみせようとしたが、できなかった。「バスト、その娘《こ》は日陰に吹く暖かな風のように愛らしいのだといいね。こんなことを言うのは教師失格だが、こちらとしてもありがたい。今は長い授業をする気分ではないから」しばらく沈黙する。「今夜、カーターがスクラエル獣に襲われた」

バストの気楽な笑みが割れた仮面のように落ち、顔がこわばって青ざめた。「スクラエル？」部屋から駆け出さんばかりに半分腰を上げたが、恥ずかしげに顔をしかめて、また椅子に座りなおした。「どうしてわかるの？　だれがカーターの死体を見つけたの？」

「まだ生きているよ、バスト。それを持ち帰ったんだ。一匹だけだ」

「スクラエル獣一匹だけなんてありえないよ」とバストが事もなげに言った。「ご存じでしょうに」

「わかっているよ」とコート。「それでも事実、一匹だけだったんだ」

「カーターがそれを殺したと？　スクラエル獣のわけがない。きっと……」

「バスト、確かにスクラエルの一匹だったんだよ。わたしはそれを見た」コートの眼差しは真剣だった。「カーターは運がよかっただけだ。それでもひどい傷を負った。四十八針縫ったよ。てぐすをほとんど使ってしまった」コートはシチューが入った器を持ち上げた。「もしだれかに訊かれたら、隊商の護衛だった祖父から、傷を洗って縫う方法を教わったのだと言いなさい。今夜はみんな、泡を食っていてだれも尋ねなかったが、明日になればいぶかる者が出てくるかもしれない。それはごめんだ」器を吹くと、顔のあたりに湯気が雲のように立ちのぼった。

「死体はどうしたの？」

「わたしはどうにもしていないよ」とコートが辛辣に言った。「わたしはただの宿屋の亭主だからね。こういったことは手にあまる」

「レシ、あいつらだけでやみくもに対処させるわけにはいかないでしょう」

コートはため息をついた。「連中はそれを牧師のところに持っていったよ。牧師はすべてのことを、まるで見当違いの理由とはいえ正しくやってくれた」

　バストが口を開きかけたが、言葉を発する前にコートが続けた。「そう、わたしは充分に深く穴を掘らせた。そう、火にナナカマドの木をくべさせた。そう、それを長く熱く燃やしてから埋めさせた。そう、それの一部をだれも記念に持ち帰ったりしないように目を配った」眉を寄せ、顔をしかめる。「わたしはばかではないのでね」

　バストは明らかにほっとした様子になり、また椅子に身を沈めた。「そんなことはわかってますよ、レシ。だけど、あの連中の半分は、手助けがないと小便を風下に向かってする程度の知恵もなさそうだし」少し考えこむ。「なぜ一匹しかいなかったのか、見当がつかない」

「山を越えてくる途中で死んだのかもしれない」とコート。「そして一匹だけ残った」

「そうかも」とバストがしぶしぶ認めた。

「二日前の嵐のせいかもしれない。一座でよく言っていたように、まさに荷馬車倒しの嵐。風と雨で一匹だけ群れからはぐれたのかもしれない」

　バストは不安そうに答えた。「一つ目の仮定の方だといいんだけどね、レシ。スクラエルがこの町に三、四匹も来たら、そうなればまるで……まるで……」

「まるでバターを切る熱いナイフさながら？」

「というか、数十人の農夫を刺し貫く数本の熱いナイフさながら」とバストがそっけなく言う。「あの人たちではとても自衛できない。町じゅう探したって剣は六本もないはず。どのみち剣じゃスクラエル相手には役に立たないけど」

しばらく考えこみ、沈黙が続いた。バストがしびれを切らした。「ほかに知らせは？」

コートが首を振った。「今夜はほかの知らせまでいかなかった。物語の最中に、カーターが来て騒ぎになったから。まあありがたいことだがね。みんな明日の晩も来るだろう。おかげでわたしにもやることができる」

コートはぼんやりとスプーンでシチューをつついた。「カーターからスクラエルを買うべきだった」とつぶやく。「カーターはその金で新しい馬を買えただろうから。至るところから見物人がやって来ただろう。めずらしくひと儲けできたかもしれないよ」

バストは口もきけないほど怯えた表情でコートを見た。

コートがスプーンを持っている方の手でなだめるような仕草をした。「冗談だよ、バスト」弱々しく微笑む。「けれど、それもよかったかもしれないな」

「何を言ってるんだい、レシ。絶対によかったわけがない」とバストがきっぱり言った。「〝至るところから見物人がやって来ただろう〟」とあざけるように繰り返す。「まったく」

「商売的にはよかったかもしれないということだよ」とコートがはっきりさせた。「忙しいのはいいことだ」またスプーンでシチューをつく。「どんなことでも、あるだけましだ」

二人はしばらく座っていた。コートは遠くを見るような目で、両手の中のシチューが入った器を見下ろしていたが、ようやく口を開いた。「おまえにはここで苦労をかけるな、バスト。退屈で死にそうだろう」

バストが肩をすくめた。「町には若い奥さんが何人かいるよ。娘さんたちもちらほら」子どものようににっとする。「楽しみは自分で探す」

「それはよかった、バスト」また沈黙が流れる。コートがスプーン一杯すくって口に入れ、かみ、飲みこむ。「みんなはあれを魔物だと思ったんだ」

バストが肩をすくめる。「それでいいんじゃないの、レシ。そう思っていてもらうのがいちばんだろ」

「うん。実はそう仕向けたんだよ。でもそれでどういうことになるか、わかるだろう」

バストと目を合わせる。「鍛冶屋がこれからの数日忙しくなる」

バストは慎重に無表情を装った。「ああ」

コートがうなずく。「出ていっても責めはしないよ、バスト。おまえにはここよりましな場所がある」

バストは驚いた表情を浮かべた。「出ていったりできないよ、レシ」言葉にならず、口を数回パクパクさせる。「ほかのだれに教われと？」

コートがにこりと笑うと、一瞬、その顔には疑いようのない若さが現われた。疲れたしわと穏やかな亭主の表情の裏には、黒髪の友と変わらない年代の顔があった。「いかにも」スプーンで扉を指す。「では行って、読書をするなり、だれかの娘さんに手を出すなりしたまえ。わたしが食事するのを眺めているよりましなことができるはずだ」

「だけど……」

「魔物よ、立ち去れ！」とコートが、口に半分シチューを頬張ったまま、強いテム語訛りに切り換えて言った。「チフス・アンタウサ・エハ！」

バストはびっくりしたように笑い出し、片手で卑猥な動作をした。

コートがシチューを飲みこみ、別の言語で述べた。「アロイ・テ・デナレヤン！」

「よしてよ」とバストが真顔に戻ってとがめた。「侮辱だ」

「土と石にかけて命ずる！」コートはそばにあった茶碗に指を浸し、バストに向けてでたらめに滴《しずく》を弾き飛ばした。「幻術よ去れ！」

「リンゴ酒で？」バストはシャツの前立てから液体の滴を拭き取りつつ、楽しげな様子と同時に迷惑そうな様子をした。「染みになったら困るよ」

コートがまたひと口食べた。「水に浸すといい。どうしようもなくなったら、『セラム・ティンチャー』に載っている各種溶剤の製法を役立てなさい。十三章のはずだ」

「了解」バストは立ち上がり、独特の不思議でさりげない優美な足取りで扉へ歩いていった。「何かあれば呼んでね」後ろ手に扉を閉めた。

コートはゆっくりと食事を続け、パンの切れ端でシチューの残りをぬぐい取った。食べながら窓の外に目をやった。あるいはそうするように努めた。ランプの明かりが、暗闇を背景にその表面を鏡のように見せていた。

目が部屋を休みなくさまよう。暖炉は、階下の暖炉と同じ黒い石で作られている。部屋の中央に据えられており、コート自慢のちょっとした手業の成果だ。寝台は子ども用のものより少し大きい程度で、触ってみれば、敷布団はないに等しいことがわかる。

鋭敏な観察者であれば、彼の視線が何かを避けていることに気づくかもしれない。晩餐の席で昔の恋人と目を合わせるのを避ける、あるいは、夜更けに混み合った居酒屋で部屋の向こうに座っている昔の敵と目を合わせるのを避けるのと同じように。

コートはくつろごうとしたができず、そわそわし、ため息をつき、椅子の中で体を動かし、知らず知らずのうちに、寝台の足元にある収納箱に目をやった。

収納箱は、炭のように黒く、磨いたガラスのようになめらかな、ロアというめずらしい重い木でできていた。その木は調香師と錬金術師に珍重され、親指ほどの大きさでも金《きん》に値する。その木で作られた収納箱を所有するのは、贅沢《ぜいたく》をはるかに越えることだった。

収納箱は三重に封印されていた。鉄の錠、銅の錠、目に見えぬ錠。今宵、その木は、ほとんど気づかないほどの柑橘類の香りと冷たい鉄の匂いで部屋を満たしていた。

コートは収納箱に目を落としたとき、すぐにはそらさなかった。そんなものはそこにはないというふりをするように、こっそりと目をそらしたりもしなかった。だが見た一瞬、コートの顔には、一日の慎ましい喜びで伸ばされ消えたしわが、すべて戻った。酒と本から得る安らぎは一瞬のうちに消え、目の奥には虚《むな》しさと痛みだけが残った。少しのあいだ、激しい渇望と後悔が、顔じゅうにありありと現われた。

そしてそれは消え、コートと名乗る宿屋の亭主の疲れた顔に変わった。知らず知らずまたため息をつくと、どうにか立ち上がった。

長い時間をかけて、収納箱を通り過ぎて寝台にたどりついた。ひとたび横になってからも、眠りに落ちるまでに長い時間がかかった。

コートの予想にたがわず、次の晩、みなは食事と酒を求めて道の石亭に戻って来た。そして物語を語り、聞こうといくどか試したものの身が入らず、たちまち途絶えた。だれもそういう気分ではなかった。

だから、もっと重要な話題に及んだのは、まだ夜も早い時間であった。彼らは町に流れてきた噂についてじっくり話し合った。そのほとんどが不穏なものだった。悔悟王《かいごおう》がレサヴェクで反乱軍に手を焼いているという。心配ではあったが、世間話の域を超えるものではなかった。レサヴェクは遠く離れた地にあり、もっとも世慣れたコブですら、その地を容易に地図で見つけることはできないだろう。

彼らはこの戦《いくさ》についてそれぞれに語った。コブは、収穫物を納めたあとで三度目の徴税があると予想した。反論する者はなかった。年に三回課税された記憶はだれにもなかったのではあるが。

ジェイクは、収穫高は悪くないだろうから、第三の徴税でつぶれてしまう家族はほとんどないだろうと推測を述べた。そうでなくても四苦八苦しているベントリー家は別だが。あと、羊が次から次にいなくなっているオリソン家。そして、今年の畑のすべてに大麦を植えてしまったお馬鹿のマーティン。分別のある農夫はみな、豆を植えた。兵士が豆を食べる、価格が上がる……これは、戦のありがたい点だった。

さらに二、三杯飲むと、もっと深刻な心配事が口にのぼった。脱走兵やカモを狙う連中が道にあふれているから、短い移動でも危ない。言うまでもなく、街道の状況は、冬がいつも寒いのと同じようにいつも危険だ。人は文句を言いつつ、適切な対策を講じ、日々の暮らしを送り続けるのだ。

だが今回は別だった。ここ二カ月間、道中があまりに危険になったので、人々は文句さえ言わなくなった。最後に来た隊商には、荷馬車が二台と護衛が四人。商人は、塩二百五十グラムに十ペニー、棒砂糖に十五ペニーの値をつけた。商人は、こしょうも、シナモンも、チョコレートも持っていなかった。コーヒーを小さい袋一つ分持っていたが、それにはタラント銀貨二枚を要求した。初め、人々は言い値を笑い飛ばした。そして、商人がゆずらないと、人々は唾を吐き、罵《ののし》った。

それが二旬間前、つまり二十二日前のことだ。それ以後、まさに取引の季節だというのに、まともな商人は一向に現われなかった。それ故に人々は、第三の徴税のことがひどく気にかかっているにもかかわらず、財布をのぞいて、雪がいつもより早く降り始める場合に備えて、何か少しでも買っておけばよかったと悔やんでいたのである。

ゆうべの出来事、燃やして埋めたもののことは、だれも口にしなかった。当然、一同以外の人々は話していた。町は噂でもちきりだった。カーターが受けた傷のせいで話は少し真剣に受け取られはしたが、それ以上ではなかった。〝魔物〟という言葉は口にされたが、みな半分笑みを手で覆い隠しながらのことだった。

燃やされる前にそいつを見たのは、その場にいた六人だけ。そのうちの一人は怪我をしてたし、ほかの五人は酒が入っていた。牧師さんもそいつを見たが、魔物を見るのは牧師の職業病だ。なにせ魔物は牧師商売のタネなんだから。

宿の亭主もそいつを見たらしいぞ。だけどあいつはここの出じゃない。この小さい町で生まれ育った者たちにはあたりまえのことが、あいつにはわからない。話はここで語られたが、起きたのはよその場所。ここは魔物の場所じゃないからね。

それに、わざわざ厄介事を借りてくるまでもなく、状況は悪かった。コブたちは、昨日のことについて語っても仕方がないと承知していた。人々を納得させようとすれば、自分たちが笑いものになるだけだ。もう何年も自宅の中に井戸を掘り続けている、お馬鹿のマーティンのように。

それでも、各々《おのおの》は自分の振りまわせるいちばん重い錬鉄を鍛冶屋から買ったのだった。だが、だれも自分の考えを口にはしなかった。その代わりに、街道がますます危険になっていると文句を言った。商人、脱走兵、徴税、冬を越えられるだけの塩がないことを話題にした。三年前は、夜、家の扉に鍵をかけたり、ましてや閂《かんぬき》をかけたりすることなど考えもしなかったと懐かしんだりもした。

そこから会話は下り坂になり、だれも思っていることを口にしなかったのに、その晩は陰気な雰囲気で終わった。最近は、ほとんどの夜がそんな具合だった。そういうご時勢だったから。

第二章　美しい日

その日は、物語の中ではよくあるが、現実の世界ではめったにない、完璧な秋の一日だった。暖かく、乾いていて、小麦畑やとうもろこし畑が実るのに理想的だった。道の両側の木々の色が変化していた。背が高いポプラはバターのような黄色になり、道に張り出したウルシの低木には、真っ赤な色が差した。樫の古木だけが夏をあきらめきれずに、金色と緑色の葉が均一に混じったままだった。

狩り弓を持った六人の元兵士に持ち物すべてをむしり取られるにあたり、総じてこれほど美しい日はなかったと言えよう。

「あまり役に立ちませんよ、この馬は」と紀伝家《きでんか》が言った。「馬車馬よりほんの少しましな程度で、雨でも降れば……」

男が、鋭い動作で紀伝家を黙らせた。「よく聞け、ご同輩。王の軍隊は、足が四本と少なくとも目が一つあるものになら、何にだってそれなりの金を払うのだ。おまえが正真正銘気が狂っていて、木馬にまたがっていたとしても、おまえから木馬を取り上げる」

首領とおぼしき男は、横柄ずくの雰囲気を漂わせていた。つい最近まで低い階級の士官だったのだろうと、紀伝家は思った。「いいから降りろ」と男が真剣に言った。「終わったら行ってよろしい」

紀伝家が馬から降りた。前にも強奪されたことがあったので、話し合っても得るものがない様子は見て取れた。この連中は心得ている。虚勢やはったりの脅しで精力を無駄にはしない。一人が馬の点検にかかり、ひづめ、歯、馬具を調べた。もう二人が軍隊じみた効率で、彼のありったけの持ち物を鞍袋から出し、地面に並べた。毛布二枚、頭巾がついた外套、平たい革かばん、しっかりとたくわえが入った荷袋。

「これで全部です、司令官殿。ほかに十キロほどのオート麦がありますが」

司令官は膝をつくと、平たい革のかばんを開け、中をのぞいた。

「紙とペンしか入っておりません」と紀伝家。

司令官が自分の肩ごしに見た。「おまえは文士か？」

紀伝家はうなずいた。「わたしの生業《なりわい》です。あなたのお役には立ちません」

司令官はかばんを調べ、それに間違いないとわかると、脇にのけた。それから荷袋を紀伝家の広げた外套に空け、だらだらと中身をついた。

司令官は、塩のほとんどと靴紐を取り上げた。続いて、紀伝家ががっかりしたことには、リンウッドで買ったシャツも取り上げた。深みのあるロイヤルブルーで染められた質のよいリンネルで、旅には上等すぎたため、まだ着てみる機会もなかったのに。ため息をついた。

司令官はそのほかの持ち物をすべて外套の上に残し、立ち上がった。部下が交替でそれを物色した。

司令官が大声で言った。「ジャンズ、おまえは毛布を一枚しか持っておらんのだろう?」一人がうなずく。「ではこの者の毛布を一枚もらえ。冬に備えて二枚目が必要だ」

「この者の外套は、わたしのものよりも立派であります」

「もらえ、だがおまえのを残してやれ。ウィトキンス、おまえも同じだ。この者の火口《ほくち》箱を取るなら、おまえの古い箱を残してやるように」

「自分のはなくしました」とウィトキンス。「でなければ残してやりますが」

すべては驚くほど整然と進行した。針は一本を残してすべて、予備の靴下は二組とも、乾燥させた果物の包み、棒砂糖、瓶半分の酒、象牙のさいころ二個を取られた。残ったのはほかの衣類、乾燥させた肉、とんでもなくかび臭い食べかけのライ麦パン。平たい革のかばんとその中身は無事だった。

男たちが彼の荷袋に残したものを詰めなおしているあいだ、司令官が紀伝家に話しかけた。「では財布を渡してもらおうか」

財布を渡す。

「指輪も」

「銀はほとんど混じっていないのですがね」と指輪をはずしながらつぶやく。

「首にかけているそれはなんだ？」

紀伝家がシャツのボタンをはずすと、革紐から下がっているさえない金属の環が現われた。

司令官が近づいて、それを指のあいだに挟んでこすってから、胸に落とした。「持っていろ。信心に口出しはしない」と言うと、財布の中身を片手に空け、指で硬貨をついてより分けながら、思いがけない発見にうれしそうな声を上げた。「文士稼業は、意外に儲かるものなのだな」と、部下に与える分け前を数え始めた。

「一、二ペニーほど残しておいていただけませんか？　二度ほど温かい食事ができるだけ」と紀伝家が頼んだ。

男たち六人は、耳が信じられないというように向きなおって紀伝家を見た。司令官が笑った。「ほほう、タマが据わっているようだな」しぶしぶながら、その声には尊敬がこもっていた。

「あなたは物分かりのいいお方のようですし」と紀伝家が肩をすくめた。「人は食べなければなりませんので」

司令官が初めて笑みを浮かべた。「その意見には同意する」二ペニー取り出し、これ見よがしに見せてから、紀伝家の財布に戻す。「おまえのタマ二つに免じて二枚やる」紀伝家に財布を投げて返すと、美しいロイヤルブルーのシャツを自分の鞍袋に詰めた。

「ありがとうございます」と紀伝家。「ちなみに、部下の方のお一人が持っていかれた瓶に入っているのは、筆洗用のメチルアルコールです。飲めば苦しみます」

司令官は微笑み、うなずいた。「人を丁重に扱う御利益《ごりやく》がわかったか」と、馬にまたがりながら部下たちに言った。「お目にかかれて光栄だったよ、文士殿。今すぐ出発すれば、暗くなるまでにはアボッツ・フォードに着ける」

ひづめの音が遠くに消えると、紀伝家はすべてを荷袋にしっかりと詰めなおした。それから片方の長靴をぐいと引っ張って脱ぎ、裏打ちをはがし、つま先深くに詰めておいた、きつく包んだ硬貨の包みを取り出した。そのうちの数枚を財布に移すと、ズボンをゆるめ、数枚重なった着衣の下からまた別の硬貨の包みを取り出し、その数枚も財布に移した。

財布に適度な額を入れておく、それが秘訣だ。少なすぎると相手はがっかりし、もっと探そうとする。多すぎると興奮し、欲深くなるかもしれない。

三つ目の硬貨の包みもあって、よほどせっぱ詰まった犯罪者でもなければ決して手を出さぬようなかび臭いパンの中にそれは入っていた。それと、インク壺に隠しておいた価値の高いタラント銀貨一枚は、しばらくそのままにしておくことにした。時が経つにつれ、その銀のタラントはむしろ幸運のお守りのように思えてきたのだ。見つかったことは一度もない。

さっきの連中が、出くわした中でいちばん礼儀正しい強盗だったことは認めざるをえなかった。上品で、てきぱきしていて、とんでもなく抜けめがないわけでもない。馬と鞍を取られたのは痛いが、アボッツ・フォードで買いなおしても、この愚行を完了してトレヤでスカルピに会うまで楽に暮らせるだけの金は残るだろう。

急に小便がしたくなり、道端に生えている濃い赤色のウルシの茂みをかき分けた。ズボンのボタンをかけなおしていると、下生えの中で何かがいきなり動き、黒っぽいものがもがきながら近くの茂みから出てこようとした。

驚いて叫び、よろけつつあとずさると、飛び立とうと羽を動かしているカラスだとわかった。自分の愚かさにクスクス笑いながら、着衣を整え、顔にくっついてくるクモの糸を払いのけながら、ウルシの茂みを抜けて道へ戻った。

荷袋とかばんを肩にかけながら、驚くほど心が軽いのを感じた。最悪の事態が起こったが、被害は少なくてすんだ。木々のあいだを吹き抜ける微風を受けて、ポプラの葉が轍《わだち》のついた道に金色の硬貨のように舞い落ちた。美しい日だった。

第三章　木と言葉

コートが無人の宿の静寂を気に留めまいとしつつぼんやりと本をめくっていると、扉が開いてグレアムが後ろ向きに入ってきた。

「ちょうど仕上がったよ」グレアムが大げさなほど注意を払いながら、テーブルのあいだの隙間を巧みに移動した。「ゆうべ届けようかと思ったんだけど、最後にもう一回油を塗って乾かしてからと思ってさ。やっただけのことはあったね。いやあ、この手で作ったものの中でもめったにない見事な出来だね」

宿の亭主は眉間に少しばかりしわを寄せたが、グレアムが両腕に抱えている平たい包みを見て、顔を輝かせた。「ああ！　飾り台ですね！」疲れたように微笑む。「申しわけない。ずいぶん前のことだったから、忘れかけていました」

グレアムはいぶかるような目つきで相手を見た。「四カ月なんて長くないよ、あの木ははるばるアリアンから運ばれてきたんだからな。特に道がこうひどくっちゃよ」

「四ヵ月」とコートが繰り返す。グレアムが自分を見ていることに気づき、急いで付け加えた。「待つ身には一生にも思えますのでね」取りつくろって微笑もうとしたが、病んでいるような顔つきになった。

事実、コート自身が病的な感じを与えていたのである。健康を害しているというわけではないのだが、虚《うつ》ろで弱々しい。合わない土に移し替えられ、生命力を失い、しおれ始めた植物のように。

グレアムはその変化に気づいていた。大げさな身振りをしなくなり、声にも深みがない。目さえ一ヵ月前の輝きを失い、色がくすんでいる。海の泡、緑の草を思わせたそれは、緑色のガラス瓶の底のよう、川苔草のようだ。炎の色にも似た明るい髪は、今では……赤。ただの赤毛。

コートが布を引いて、その下の板を見た。濃い褐色で木目が黒く、鉄板のように重い。三本の黒い掛け釘の下に、一つの言葉がのみで彫られている。

「愚行」とグレアムが読む。「変だな、剣の名前にしては」

コートは注意深く無表情を装ってうなずいた。「おいくらでしょうか」と控えめに訊く。

グレアムが少し考える。「木の代金はもらってるから……」目がちらりと抜けめのない様子になる。「一と三ってところだな」

コートが二タラント渡す。「残りは取っておいてください。加工がむずかしい木だから」

「そうなんだよ」とグレアムが満足げに言った。「石にのこぎりあてててるみたいでさ。のみでやってみると、まるで鉄。そしてさんざん格闘した挙げ句、今度は焦がせない」

「気がつきましたよ」とコートがわずかに好奇心を見せて、文字が木に彫られてほかの部分より黒くなっている溝に沿って指を一本走らせた。「どうやったんです?」

「それはね」とグレアムが自慢げに言う。「半日無駄にしてから鍛冶屋に持ってってさ。坊主と二人、熱した鉄で表面を焼いたんだ。焦がすのに二時間以上かかったよ。まったく煙も出ないのに、古びた革とクローバーの匂いがしてさ。ほとほと困った。燃えない木なんてあるかよ」

グレアムは相手の言葉を待ったが、亭主は反応を示さなかった。「で、どこに吊るす?」

コートはやっとのことで部屋を見まわした。「それは自分でやりますよ。まだ掛ける場所を決めていないので」

グレアムはひと握りの鉄釘を置いて、亭主に別れを告げた。コートはカウンターにとどまり、両手でぼんやりと木とそこに刻まれた言葉をなでていた。まもなくバストが調理場から出てきて、自分の教師の肩ごしに目をやった。

故人への黙禱のような、長い沈黙があった。

やがて、バストが声を上げた。「レシ、質問してもいいかな？」

コートがやさしく微笑んだ。「いつでもいいよ、バスト」

「面倒な質問でも？」

「そういう質問だけが訊く価値のあるものだからね」

二人は再び沈黙し、カウンターの上の物体を見つめ続けた。それを記憶にとどめようとするように。**愚行**。

バストは一瞬苦闘した。口を開いてはいら立ったように閉じ、それを繰り返した。

「訊きなさい」と、コートがとうとう言った。

「何を考えていたの？」困惑すると同時に心配するような妙な口調で尋ねる。

しばらくかかってコートが答えた。「わたしは考えすぎるんだよ、バスト。何も考えずに正しいと思うことをやろうと決めたときにこそ、もっともうまく事が運んだのだけれどね。なぜそうなるのか説明がつかなくても」静かに微笑む。「しないでおくべき理由があっても」

バストは自分の顔の片側に沿って手を走らせた。「つまり、やったことをくよくよしないようにしてるわけ？」

コートはためらった。「そうかもしれない」

「おれの場合はそうですけどね、レシ」とバストがすまして言った。「あなたの場合、無駄に物事を複雑にするから」

コートが肩をすくめ、飾り台に目を戻す。「これを掛ける場所を見つける以外に、することはないようだ」

「ここに？」バストは怯えたような表情になった。

コートが悪意をこめてにたりとした。いくぶん、顔に活気が戻ってきた。「もちろん」と、バストの反応を楽しんでいるように言った。唇を結び、考えこむように壁を見る。「ところで、どこにしまってあるんだ？」

「おれの部屋です」とバストが白状した。「寝台の下」

コートは壁を見つめたまま、ぼんやりとうなずいた。「では取っておいで」片手で小さく追い払う仕草をすると、バストは不満げな様子で急いで出ていった。

カウンターはきらめく酒瓶で飾られており、樫の木でできた二つの重々しい樽のあいだ、今はすっかり片づけられて何もない作業台の上にコートが立っているところへ、バストが黒い鞘《さや》をぶらぶらと下げつつ部屋に戻ってきた。

一方の樽の上に飾り台を置こうとしていたコートは動きを止め、驚いて大声を上げた。

「気をつけなさい、バスト！　おまえは淑女を運んでいるんだよ、納屋のダンスの集まりでどこかの田舎娘を振りまわしているんじゃない」

バストは足を止め、鞘を両手でうやうやしく押しいただくと、カウンターへ向かった。

コートが壁に釘を二本打ちつけ、針金をねじり、壁にしっかりと台を掛けた。「渡してくれ」と、変に声を詰まらせつつ頼んだ。

その一瞬バストは、輝かしく鎧をつけた騎士に従者が剣を捧げているような様子で、両手を使ってそれを持ち上げた。しかしそこにいるのは騎士ではなく、宿屋の亭主、コートと名乗る前掛け姿の男であった。バストから剣を受け取ると、カウンターの後ろの作業台の上にすっくと立った。

大げさな動きはせずに剣を抜く。剣は部屋に射しこむ秋の日の光の中で、鈍い灰色がかった白に輝いた。新しい剣の様相を保っていた。刃に欠けもなければ錆もない。くすんだ灰色の刃のどこにも、はっきりとわかる傷は走っていない。しかし、無傷ではあるが古い。そして明らかに剣ではあるが、よくある形ではない。

少なくともこの町の衆で、これをよくある剣と思う者はだれもおるまい。それはまるで、錬金術師が十数本の剣を抽出したら、湯だまりが冷えたときこれが底に横たわっていたというようなたたずまいだった——まさしくこれぞ剣。細身で優雅。流れの速い水に洗われてとがった石のように破壊的。

コートはしばらく剣を握っていた。手は震えていなかった。

それから飾り台に剣を据えた。灰色がかった白い金属が、黒いロアを背に輝く。柄《つか》は見えるには見えるが、ほとんど木と区別がつかないくらい黒い。その下にある文字は黒を背景にした黒で、非難しているようだった——愚行。

降りてくると、コートはバストと二人並んで、黙ったまま見上げていた。

バストが沈黙を破った。「確かにえらく見事ではあるね」と、まるでその事実を悔やんでいるように言う。「だけど……」声が消え、言うべき言葉を探そうとする。身を震わせる。

コートは妙にほがらかにバストの背中をポンと叩いた。「わたしのためだったら悩まなくていいんだよ」体を動かしたことで力を得たらしく、さっきよりも活気を帯びているようだった。「気に入ったよ」と突然納得して言い、飾り台の掛け釘の一つから黒い鞘を吊るした。

続いて、するべきことがあった。瓶を磨いて元の場所に戻す。昼食を作る。昼食の後片づけをする。快活にきびきびと動きまわることで、しばらくは明るい雰囲気が保たれた。仕事をしながら、瑣末《さまつ》なことを話した。精力的に動きまわりながら、二人がともに、完遂しかけているその仕事を終わらせたくないと思っているのは明らかだった。仕事が終わって部屋が再び沈黙で満たされるのを恐れているように。

するとと予期せぬことが起こった。扉が開き、穏やかな波のように道の石亭に音が流れこんできた。人々が話しながら勢いよく入ってきて、持ち物を入れた包みを下ろした。テーブルを選び、椅子の背に外套を投げかける。鎖帷子《かたびら》を着た男が剣をはずし、壁に立てかける。二、三人は帯に短刀を差している。四、五人が酒を注文する。

コートとバストはその様子を少々観察してから、円滑に仕事にかかった。コートは笑みを浮かべて酒を注ぎ始めた。バストは、厩舎につなぐ馬がいないか確かめようと、外に飛んでいった。

十分もすると、宿は一変した。カウンターに硬貨を置く音が響いた。チーズと果物が大皿に並べられ、調理場では火にかけられた大きな銅鍋がぐつぐついった。十人ほどのグループが、一緒に座れるようテーブルや椅子を動かした。

コートは彼らが入ってくるときに値踏みしていた。二人の男と二人の女は荷馬車の御者、長年戸外で生活しているため荒れた感じで、風を避けて一夜を過ごせる喜びに微笑んでいる。三人の護衛は目つきが悪く、鉄の匂いがする。よろず屋一人は太鼓腹で、何本か残っている歯を見せてよく笑う。若い男二人は、一人が薄茶色の髪、もう一人が黒髪で、身なりがよく、流暢に話す。これは旅人だが、道中身を守るため、人数の多い一団と行動をともにするだけの知恵を持っている。

落ち着くまでには、一時間ないし二時間かかった。部屋代を掛け合った。だれがだれと同じ部屋に泊まるか、なごやかに話し合った。荷車や鞍袋からちょっとした必需品を運びこんだ。風呂を頼み、お湯が沸いた。馬に干し草を運び、コートはランプすべてに油を注ぎ足した。

よろず屋が陽のあるうちにと急いで外へ出て、二輪の荷車をラバに牽《ひ》かせて町の通りを歩いていった。子どもたちが集まって、飴とお話と小銭をねだった。

何ももらえないとわかると、子どもたちのほとんどは興味をなくした。一人の少年を真ん中にして円を作り、祖父母が歌った昔の童歌に合わせて手を打つ。

「暖炉の火が青くなったよ
どうしよう、どうしよう
外に逃げよう、外に逃げよう」

真ん中にいた少年が笑いながら円の外に出ようとすると、ほかの子どもたちがそれを押し戻した。

「よろず屋でござい」と老人が鐘のような声を上げた。「鍋の修繕。刃物研ぎ。占い杖で水探し。コルク栓。煙母草。都会で流行《はや》りの絹のスカーフ。筆記用紙。砂糖菓子」

子どもたちは注意を引かれた。またよろず屋に群がり、歌いながら道を行くのにくっついて練り歩いた。「革の帯。黒こしょう。上等なレースに鮮やかな羽根。よろず屋はこの町に今夜はいるが明日はいない。夜の光で働いて。奥さんいらっしゃい。お嬢さんいらっしゃい。かわいい布とバラ水があるよ」数分後、老人は道の石亭の外に腰を落ち着け、研磨用の回転盤を据えて包丁を研ぎ始めた。

大人たちが老人のまわりに集まって来ると、子どもたちは遊びに戻った。円の中心にいた少女が片手で自分の目をふさぎ、手を叩いて歌いながら走り去る子どもたちを捕まえようとする――

「カラスみたいな黒目の男
向かうはいずこ　向かうはいずこ

近くに遠くに。いまはここ」

よろず屋は順番に応対した。一度に二、三人まとめてのこともあった。切れる包丁を、なまった包丁と小さな硬貨一枚と交換した。鋏《はさみ》や針、銅鍋や小瓶を売り、女房たちは小瓶を買うとすばやく隠した。ボタンと袋に入れたシナモンや塩を売った。ライムはティヌエ産、チョコレートはタルビアン産、磨いた角はエルエ産……

その間ずっと、子どもたちは歌い続けた――

「顔のない男が見えるかい
幽霊みたいに方々《ほうぼう》動く
何をば企まん、何をば企まん
チャンドリアン、チャンドリアン」

コートの見立てでは、旅人たちは一カ月ほど同道していた。互いに気兼ねがなくなるころだが、些事《さじ》で争うほどは経っていない。彼らは砂ぼこりと馬の匂いがした。コートはそれを、香水のように吸いこんだ。

中でもいちばん好ましいのは物音だった。革がきしる。男たちが笑う。炎がパチパチはじける。女たちが気のある素振りをする。だれかが椅子まで引っくり返す。道の石亭が静寂に包まれないのは、実に久しぶりのことだった。あるいは静寂があったとしても、かすかで、あるいはうまく隠されて、気づかれなかった。

コートはそのただ中にいて、大きく複雑な機械をあやつる男のように絶えず動いていた。注文が来るのに合わせて酒を出せるようにし、適度に話し、聞く。冗談に笑い、握手し、微笑み、いかにも金が必要だというふうに、カウンターから硬貨をつかみ取る。

そして歌を歌うころになってみんながそれぞれに十八番《おはこ》を披露し、さらに求めると、コートはカウンターの向こうで手拍子を取ってリードした。炎のように髪を輝かせながら、《よろず屋タナー》を歌う。だれも聞いたことがない歌詞まで歌ったが、みながそれを喜んだ。

何時間も経って、部屋は陽気でなごやかな雰囲気に包まれていた。コートが炉辺《ろへん》に膝をついて火を熾《おこ》していると、背後から話しかける者がいた。

「クォート?」

宿の亭主が、少しまごついたような笑みを浮かべて振り向く。「はい？」

それは、身なりのよい旅人の一人だった。少しふらついている。「あなた、クォートでしょう」

「コートです」と、母親が子どもに、宿屋の亭主が酔っぱらいに話しかけるときの甘やかすような調子で返事をする。

「無血のクォート」男は、酔っぱらいの執拗さでさらにからんだ。「見覚えがあると思ったんだが、はっきりしなかった」男は誇らしげに微笑み、一本の指で鼻を軽く叩いた。「そして歌うのを聞いて、あなただとわかった。イムリで一度聞いたんです。あとで大泣きしましたよ。あとにも先にも、あのようなものは聞いたことがない。感動しました」

若者の話は次第にもつれていったが、表情は真剣なままだった。「あなたのはずはない。でもあなただと思った。それでも。だってあなたみたいな髪の人はいないから」頭をはっきりさせようと振ってみたが、かなわなかった。「あなたが彼を殺した、イムリの場所を見ましたよ。噴水のそば。玉石はすべてこなごなだ」眉をひそめて言葉に集中する。「こ、な、ごなだ。だれにもなおせないらしい」

薄茶色の髪の男は、また間を置いた。焦点を合わせようとして目を細めて見ると、亭主の反応に驚いた様子。

　赤毛の男はにやにやしていた。「わたしがクォートに似ているとおっしゃる？　あのクォートに？　いやぁ自分でも前からそう思ってましてね。奥の部屋に彼の版画もあります。店員にはからかわれるんですが。今の話、あいつにも言ってやってくださいよ」

　コートは最後に一本薪を火にくべ、立ち上がった。しかし炉辺を離れたとたん、片足をねじり、椅子を倒してどさりと床に崩れ落ちた。

　旅人が数人駆け寄ったが、すでに立ち上がっていて、席へ戻るよう手を振って合図した。

「いやいや、だいじょうぶです。驚かせて申しわけありません」笑ってみせているものの、明らかに傷めたらしい。痛みで顔を引きつらせ、体を支えようと椅子に寄りかかった。

「三年前の夏、エルドを通っていたときに、膝に矢を受けましてね。ときどきこんなふうになるんですよ」顔をしかめ、沈むように言う。「そのせいで、楽しい旅の生活が続けられなくなってしまったんです」手を伸ばして、妙な具合に曲がった足にそっと触る。

　傭兵の一人が大声で言った。「湿布貼った方がいいぞ、ものすごく腫れるから」

　コートが再びそこに触り、うなずいた。「それがいいですね」暖炉のそばで、わずかに体を揺らしながら立っている、薄茶色の髪の男に顔を向ける。「お願いがあるんですがね、お若いの」

男が無言でうなずく。

「煙道を閉じてください」暖炉を示す。「バスト、二階に行くから手を貸しておくれ」

バストが駆け寄り、コートの片腕を肩にまわした。戸口を抜け、二階へ上がっていくあいだ、コートは一歩おきにバストに寄りかかった。

「足に矢?」バストが小声で訊いた。「ちょっと倒れたくらいで、そこまできまりが悪かったの?」

「おまえがあいつら並にだまされやすくてありがたいよ」とコートが、彼らに姿が見えないところまで来るなり鋭く言った。もう数段のぼりながら、声を殺して罵《のの》り始めた。膝はどうみても傷めてはいなかった。

バストの目は見開かれ、それから険しくなった。

階段の踊り場まで来ると、コートは立ち止まり、目をこすった。「わたしの正体を知っている者が一人いる」眉をひそめる。「怪しんでいる」

「どの人です?」不安と怒りが入り混じった調子でバストが訊いた。

「緑色のシャツ、薄茶色の髪。暖炉のそばでわたしのすぐそばにいた男だ。眠らせるものを与えなさい。すでにかなり飲んでいるから、意識を失っても変に思う人はいないだろう」

　バストが少し迷う。「ナイメーンにしますか？」

「メンカがいいだろう」

　バストは驚いたが、うなずいた。

　コートが体をまっすぐに伸ばした。「三回お聞き、バスト」

　バストは一回まばたきしてからうなずいた。

　コートが歯切れよく明快に伝えた。「わたしはラリアンで町の認可を受けた護衛だった。隊商を守り抜き、傷を負った。右膝に矢を受けた。三年前のこと。夏。そのセアルド商人が感謝して、宿を始める資金をくれた。彼の名はデオラン。わたしたちはパーヴィスから流れてきた。なにげなく言うんだ。わかったかい？」

「三回聞きました、レシ」とバストが儀式ばって答えた。

「行きなさい」


　三十分後、バストが主人の部屋に器を運んできて、下ではすべて上首尾と安心させた。

コートはうなずき、今夜は邪魔しないようにと手短に指示した。

バストは心配そうな表情で後ろ手に扉を閉めた。しばらく階段の踊り場に立ったまま、何か自分にできることはないかと思案していた。

バストの懸念の理由はわかりにくい。コートにはこれといってはっきりと変わったところはないように見える。ただ、少し動きが鈍くなり、その晩忙しく動きまわって目の奥に灯った小さな光も、今は薄暗くなっていたようだ。ほとんど見えないと言っていい。むしろ、初めからそんなものはなかったのかもしれない。

コートは暖炉の火の前に腰かけ、機械的に食事をした。体の中に場所を見つけて食べ物を溜めこんでいるだけというように。最後にひと口口に入れると、何をということもなくただ見つめ、食べたものもその味も思い出せなかった。

火がはじけたので我に返ってまばたきし、部屋を見まわした。両手を見下ろす。丸めた片方の手をもう一方の手の中におさめ、膝に休めている。少しすると、火にかざして温めようとするように、両手を持ち上げて広げた。長く繊細な指の、優美な手。それらがひとりでに何かするのを待っているように、一心に見つめる。そして膝に下ろし、片手でもう片方の手を軽く覆い、再び炎を見つめた。表情もなく、動きもなく、くすんだ灰と鈍く光る熾《おき》だけになるまで座っていた。

寝ようと服を脱いでいると、炎がめらめらと燃え立った。赤い光が、彼の体の、背中と腕のおぼろな線をなぞった。傷はどれもなめらかで銀白色に光り、稲妻のように、やさしく思い出をしるす線のように、体に筋をつけていた。パッと燃え上がった炎が、一瞬、古い傷と新しい傷を残らず照らし出した。一つを除き、どの傷もすべてなめらかで銀白色だった。

火がちらちらと光り、消えた。空っぽの寝台で、眠りは恋人のように彼を迎えた。

翌朝早く、旅人たちは出発した。バストは彼らを世話し、亭主は膝がひどく腫れているので、こんなに朝早くは階段を降りられそうにないと説明した。全員が理解を示したが、薄茶色の髪の商人の男だけは、ふらふらで何が何やらわからなかった。よろず屋が節度ある飲酒について即席の教訓を垂れているあいだ、護衛たちは笑みを交わし、目をぐるりとまわしていた。バストが、不快な二日酔いを治す方法をいくつか推奨した。

彼らが出発したあと、バストは宿の番をしたが、客がいないので大したことはなかった。ほとんどの時間を、何か楽しいことはないかと考え出すのに費やした。

昼過ぎ、コートが階段を降りてくると、バストがカウンターの上で革の表紙の重たい本を使い、クルミを砕いていた。「おはようございます、レシ」

「おはよう、バスト。何か知らせは？」

「オリソンさんちの子が寄ったよ。羊肉はいるかって」

コートはそういう知らせがあるのではないかと予想していたというようにうなずいた。

「どれだけ注文したの？」

バストがしかめつらをした。「羊肉《マトン》なんて嫌いだよ。濡れた手袋《ミトン》みたいな味がするから」

コートが肩をすくめ、扉に向かった。「用事がある。留守を頼むよ」

「合点」

道の石亭の外、町の中心を走る人気《ひとけ》のない道には、空気が重々しくのしかかり、じっとしていた。空には、雨を降らせたいがやる気が起こらないというように、特徴のない灰色の雲が一面に広がっていた。

コートが道を横切り、正面の戸を開けた鍛冶屋の店に歩いていった。鍛冶屋は髪を刈りこみ、濃い髭を生やしていた。コートが見ていると、鍛冶屋は大鎌の刃の首に釘を二本注意深く打ちつけ、曲がった木の柄にしっかりと固定した。「こんにちは、ケイレブ」

鍛冶屋は大鎌を壁に立てかけた。「どんなご用事で、コートのだんな」

「オリソンさんちの子、お宅にも立ち寄りましたか？」ケイレブがうなずく。「まだ羊が減り続けているんですか？」とコート。

「実はいなくなった数匹がやっと見つかったんだけどね。ひどく裂かれて、ほとんどずたずただったよ」

「オオカミですか？」

鍛冶屋は肩をすくめた。「この季節におかしな話だが、ほかに考えられんだろう？クマか？　あいつら、ちゃんと世話できないもんを安く売っぱらってんだよ。人手が足りないから」

「人手が足りない？」

「税のことがあるんで雇った男を解雇しなくちゃならなくなったし、長男は夏の初めに王の軍隊に雇われた。反逆者どもとメナットで戦ってるよ」

「メネラス」とコートがそっと正した。「またあの家の子を見かけたら、半身を三つほど買うと伝えてください」

「わかったよ」鍛冶屋は物知り顔で宿の主人を見た。「ほかには何か？」

「そうですね」とコートは急に自分を意識して目をそらした。「いらない鉄の棒はあるかと思って」と、鍛冶屋と目を合わせずに言う。「凝ったものでなくていいんです。なんでもない銑鉄で充分なんですが」

ケイレブがクスクス笑った。「あんたが立ち寄るかどうかはわからなかったけどね。コブじいさんとほかの連中がおととい来てさ」仕事台に歩み寄り、粗布を持ち上げる。「念のために二本余分につくっておいたよ」

コートは長さ六十センチほどの鉄の棒を持ち上げ、片手でさりげなく振った。「さすがです」

「商売だからね」と鍛冶屋は自慢げに応じた。「ほかに必要なものは？」

「実は」とコートが、鉄の棒をゆったりと肩にかつぎながら言った。「もう一つありまして。前掛けと、鍛冶用の手袋の余りはありますか？」

「あると思うが」とケイレブがためらいがちに言った。「どうして？」

「宿の裏に、古いキイチゴの藪地があるんです」道の石亭の方をうなずいて示す。「刈って、来年は庭にしようと思うんですよ。でも、その作業で皮を半分はがしたくはありませんので」

鍛冶屋はうなずき、店の裏についてくるよう促した。「古いのがあるよ」と、重たい手袋とこわばった革の前掛けを引っ張り出しながら言う。どちらもところどころ焦げて黒くなり、油の染みがついている。「見かけは悪いが、少しは役に立つんじゃないかな」

「いくらお支払いすればいいでしょうか」とコートが財布に手をかけ、尋ねた。

鍛冶屋は首を振った。「ジョット一枚で充分だ。おれも坊主も使わないから」

宿の亭主が硬貨を一枚渡すと、鍛冶屋は古い麻布の袋に物を詰めた。「ほんとに今やるつもりなのか？　ここしばらく雨も降らなかったし。春に雪が融けてからなら、地面がやわらかくなるのに」

コートが肩をすくめた。「わたしの祖父がいつも言っていました。戻ってきて困らされたくないものは秋に引き抜いておけ」老人が声を震わすのをまねて言う。「〝いろんなものが、春には生命力ではちきれそうになる。夏には強くなりすぎてビクともしない。秋は……〟」木々に残って姿を変えていく葉を見まわす。「〝秋はそのとき。秋にはすべてが疲れ果て、死ぬばかりになる〟」

その夕刻、コートは寝不足のバストを休ませると、大儀そうに宿を動きまわり、前の晩にやり残したちょっとした仕事を片づけた。客はいなかった。ようやく夜が来ると、

ランプを灯し、興味もなさそうに本のページをめくり始めた。

秋は一年でもっとも忙しい時期のはずだったが、最近では旅人もめずらしい。間違いなく長い冬になるだろうと、コートは暗い気持ちを抱いた。

早めに宿を閉めた。そんなことはこれまで一度もなかった。ほうきで掃くのもやめた。床には埃など落ちていなかった。テーブルもカウンターも拭かなかった。どれも使われなかったから。瓶を一、二本磨き、扉に鍵をかけると、寝床についた。

違いに気づく者はいなかった。亭主の様子を見守り、案じ、控えていたバスト以外は。

第四章　ネワーレまでの道半ば

紀伝家は歩いた。昨日は足を引きずっていたが、今日は足全体が痛んだので、引きずってもいいことはなかったのである。アボッツ・フォードとラニッシュで馬を探し、弱り果てた馬にすらとんでもなく高い金額を払おうと申し出た。だが、こういう小さな町の人々は余分な馬など持っていないし、収穫の時が足早に近づいているこの時期はなおさらであった。

一日じゅう苦労して歩いたのに、夜になり、轍《わだち》がついた道がよく見えなくなってもまだ路上にいて、はっきり見えない形につまずいてばかりいた。二時間ほど手探りで暗闇を進んだあと、木々のあいだからちらちらと明かりが見えたので、その夜にネワーレにたどりつくのはあきらめ、農場でもてなしてもらえれば充分ありがたいと思った。

道からはずれ、木々のあいだをまごつきながら歩いて、光をめざした。しかし火は思ったよりも遠くにあり、大きかった。家のランプの明かりでも、野営の焚き火の火花でもない。それは、崩れかけた二つの石の壁くらいしか残っていない、古びた家の廃墟に立ちのぼる焚き火だった。その二つの壁が作る奥まった場所に、男が一人うずくまっていた。頭巾がついた分厚い外套を着て、今は穏やかな秋の宵ではなく真冬だというように、それにくるまっていた。

調理用の小さな火に鍋がかかっているのが見え、紀伝家の期待は高まった。しかし近づくにつれ、薪から出る煙と混じって悪臭がした。髪の毛が燃える匂いと腐った花の匂いがする。男が鉄の鍋で何を調理しているのであれ、遠慮しようとすぐに思った。とはいえ、火のそばにいられるだけでも、道端で体を丸めているよりはましではあった。

焚き火の光が作る円に踏み入る。「火が見えま……」そのとき、相手が両手に剣を握ってすばやく立ち上がった。いや、剣ではなく、長く黒いこん棒のようなもので、薪にしては形が整っていた。

紀伝家はぴたりと足を止めた。「寝る場所を探していたんです」と早口で言って、首にかけている鉄の環を我知らず片手で握る。「騒ぐつもりはありません。食事のお邪魔はいたしません」一歩下がる。

相手は緊張を解き、手から落ちたこん棒は石に当たって金属的な音を立てた。「黒焦げご神体よ、こんな時間にこんなところで何をしているのだ?」

「ネワーレへ向かっていたら、あなたの焚き火が見えまして」

「夜に怪しい火を追って林に入ったと？」頭巾をかぶった人物がかぶりを振った。「こちらに来るがいい」手招きされた紀伝家は、相手が分厚い革の手袋をはめているのを見た。「なんにしてもテフルにかけて、人生ずっと悪運に見舞われていたのか？　それとも、悪運はすべて今夜のためにとっておいたのか？」

「どなたをお待ちかわかりませんが」と紀伝家が言って、一歩退いた。「無用な連れはいない方がよろしいかと存じます」

「いいから黙れ」と男が鋭く言った。「あとどれくらい余裕があるかわからない」下を向いて顔をこする。「まったく、あんたみたいな連中にはどこまで話したものやら。わたしが言うことを信じられないと、頭が狂っていると言う。信じたら信じたであわてふためき、役に立たないどころか足手まといだ」また顔を上げると、紀伝家は動いていなかった。「こちらに来いと言っているだろう。あそこに戻ったら死んだも同然だぞ」

紀伝家が、肩ごしに暗い林に目をやった。「なぜです？　あそこに何がいるんです？」

男は苦々しげにフッと笑うと、いら立ちをつのらせてかぶりを振った。「本当の話が知りたいか？」ぼんやりと片手で髪をかき上げ、その途中で頭巾を後ろに払った。火明かりに照らされたその髪はとてつもなく赤く、目は強烈なほど鮮やかな緑色だった。紀伝家を品定めするように見る。「魔物どもだよ。真っ黒ででっかい、クモの形をした魔物どもだ」

紀伝家はほっとした。「魔物なんてものはいませんよ」その調子から、これまで何度も同じことを言ったことは明らかだった。

赤毛の男は疑わしげに笑った。「それならみんな、もう家に帰れるな！」狂ったようににたりと笑ってみせる。「聞け。あんたは教養のある方とお見受けする。それは尊重するし、だいたいのところあんたは正しい」真顔になる。「だが今夜この場所にかぎっては、あんたは間違っている。これ以上ないほどに間違っている。それを悟ったときに、焚き火のそっち側にいたら後悔するぞ」

揺るぎない確信に満ちた男の声を聞いて、紀伝家は背中に寒けが走った。少なからず愚かしく感じながらも、焚き火の反対側へとそっとまわった。

男がすばやく彼を見た。「武器は持っていそうにないな？」紀伝家は首を振った。「まあいいか。あんたに剣を持たせても仕方がない」重たい薪を一本渡す。「まず叩けはしないだろうが、ともかくやってみてくれ。相手はすばやい。飛びかかられたら、そのまま倒れるんだ。そいつの上に倒れこんで体で押しつぶせ。それの上で転がれ。捕らえたら、火に投げ入れろ」

頭巾をまた頭にかぶり、早口で続ける。「予備の服があるなら着ろ。毛布があれば体に巻いて……」

突然口をつぐみ、焚き火の光が作る円の向こうに目をやった。「壁に背をつけろ」といきなり言うと、両手で鉄の棒を構えた。

紀伝家が焚き火の向こうを見た。林の中で、黒いものが動いている。

それらは地面を這って光の中に入ってきた。黒く、多くの脚を持ち、荷車の車輪ほども大きい。ほかのよりもすばやい一匹が、脚の速い虫のような不安を誘うほどの速さで、迷わず火明かりの中に飛びこんだ。

紀伝家が薪を振り上げるまもなく、それは焚き火のまわりを横歩きで移動し、コオロギのようにすばやく飛びかかってきた。両手を上げたそのとき、黒いものに顔と胸を打たれた。冷たく堅い脚が紀伝家をつかもうともがき、紀伝家は片腕の裏にかきむしられたような鋭い痛みを覚えた。よろめきながら身を離すと、地面が盛り上がったところに踵《かかと》が当たり、両腕を激しく振りまわしながら後ろに引っくり返った。

倒れながら、火明かりの円が最後に一度ちらりと見えた。黒いものがさらに増えて、脚で木の根と石と葉を断続的にすばやく打ちつけながら、暗闇から早足で出てきた。焚き火のもう一方の側では、分厚い外套を着た男が、両手に鉄の棒を握って構えていた。微動だにせず、沈黙し、待っていた。

紀伝家は黒いものにのしかかられたまま倒れ、背後の石の壁に後頭部を打ちつけると同時に、鈍く黒い爆発が起こったように感じた。世界は速度を落とし、ぼやけ、真っ暗になった。

紀伝家が目を開けると、黒い影と火明かりが入り混じったかたまりが見えた。頭がずきずきする。両腕の裏側につけられた数本の傷が鋭く痛み、息をするたび体の左側が鈍い痛みに襲われた。

しばらく意識を集中していると、ぼやけながらも視界が焦点を結び始めた。男が体を丸めてそばに座っていた。今は手袋はつけておらず、分厚い外套はぼろぼろになって体から垂れ下がっていたが、それを除いては無傷のようだった。頭巾をかぶり、顔を隠している。

「目を覚ましたか？」と男が訊いた。「よかった。頭をやられるとどうなるかわからないから」頭巾を少しずらす。「話せるか？　どこにいるかわかるか？」

ないようだ。

「はい」と紀伝家がもごもごと言った。ひとこと言うのにもひどく苦労しなくてはなら
「ますます結構。では、三度目の正直で質問だ。立ち上がって手伝えそうか？　死骸を焼いて埋めなくてはならない」

紀伝家がわずかに頭を動かすと、急にめまいがして吐き気を覚えた。「何があったんです？」

「あんたのあばら骨を二、三本折ってしまったかもしれない。一匹が襲いかかっていたんだよ。ほかに手立てはなかった」肩をすくめる。「謝ってどうなるものでもないが、すまない。腕の傷は縫い合わせておいた。きれいに治るはずだ」

「いなくなったんですか？」

頭巾が一回うなずく。「スクラエルは引き下がらない。巣から出たスズメバチみたいなもので、自分が死ぬまで攻撃する」

紀伝家の顔に恐怖の色が広がった。「あいつらの巣があるんですか？」

「いいやまさか、そんなものはない。あの五匹だけだった。それでも、念のため燃やして埋めなければならない。必要な木は切っておいた。トネリコとナナカマド」

紀伝家は、滑稽だというように笑った。「まるで童歌ですね……

〝お話しするのはこの一度
掘るのは十・二の土の窓
トネリコ、ニレにナナカマド……〟」

「そのとおり」と体を丸めた男がそっけなく応じた。「童歌に隠されているものには驚かされる。十といえば三メートルだ。そんなに掘る必要はないだろうが、少し手伝ってもらえれば……」

意味ありげに言葉を濁す。

紀伝家は恐る恐る片手で後頭部を触り、指を見て、血がついていないことに驚いた。「だいじょうぶでしょう」と言いながら、片肘をついて慎重に体を起こし、そこから座る体勢になった。「何か……」まばたきしたかと思うと体から力が抜け、ぐにゃりと後ろに倒れた。頭が地面に打ちつけられ、一度弾み、片側に少し傾いて静止した。

コートは、しばらく辛抱強く座ったまま、意識を失った男を見ていた。胸がゆっくり

と上下する以外動かなくなると、やっとの思いで立ち上がり、紀伝家の傍《かたわ》らにひざまずいた。片方ずつまぶたを持ち上げ、特に驚いた様子もなくうなった。

「また目を覚ましてはもらえないだろうね？」とあまり期待していない調子で訊く。青ざめた頬をそっと叩く。「きっと無理……」血が一滴垂れて、紀伝家の額に染みをつけた。すぐにもう一滴。

コートは体を起こして気絶した男の上にかがみこまないようにし、できるだけ血をぬぐおうとしたが、両手が血だらけなのでうまくいかなかった。「悪いな」とぼんやり言う。

深くため息をつくと、頭巾を払った。赤い髪の毛が頭に貼りつき、顔じゅうに乾いた血がこびりついていた。ぼろぼろになった外套の切れ端を、ゆっくりとはがし始めた。その下につけていた鍛冶屋の革の前掛けには、荒々しい切り傷がついていた。前掛けもはずすと、手織りの質素な灰色のシャツが現われた。両肩と左腕は、血でどす黒く濡れていた。

しばらくシャツのボタンをいじってみたが、はずすのはやめた。用心深く立ち上がると、シャベルを手に取り、ゆっくりと、つらそうに、穴を掘り始めた。

第五章　書き置き

コートが紀伝家のぐったりした体を切り裂かれた肩にかついでネワーレにようやく戻ったのは、真夜中をとうに過ぎてからだった。町の家や店は暗く、ひっそりしていたが、道の石亭には煌々《こうこう》と明かりが灯っていた。

バストが、いら立つあまり踊らんばかりに動きまわりながら、戸口に立っていた。人影が近づいてくるのを目にすると、腹を立てて紙切れを一枚振りながら道を駆けていった。「書き置き？　書き置き残してこっそり出てくって、どういうこと？」怒ってうなる。「おれはなんなんです、どこかの波止場の売春婦じゃあるまいし」

コートが向きを変え、紀伝家のぐにゃりとした体をバストの両腕に振り落とした。「どうせ止められるだけだとわかっていたからね、バスト」

バストは紀伝家を軽々と抱えた。「同じ書き置きでも、もっとましな書き方があるでしょう。〝おまえがこれを読んでいるなら、わたしはたぶん死んでいる〟。どういうつもりだい、まったく」

「朝にならないと見つからないと思ってたんだよ」と、宿に向かって歩きながら、コートが疲れた様子で言った。

バストは、自分が運んでいる男を、いま初めて気づいたかのように見下ろした。「この人、だれ？」男を少し揺らし、興味深げに目をやると、麻袋のように軽々と肩にかけた。

「間が悪いときに通りがかった不運なやつだよ」とコートがそっけなく言った。「あまり揺さぶらないように。少しばかり頭がぐらついているかもしれないから」

「だいたい、何しにこそこそ出かけたりしたの？」宿の中に入りながら、バストが強い調子で訊いた。「書き置きを残すなら、せめておれに……」宿の明かりに照らされたコートの顔が、青ざめ、血と土が筋状についているのを見て、バストは目をむいた。

「なんなら心配してくれてもいいよ」とコートがそっけなく言った。「見たとおりのひどいありさまだから」

「あいつらを仕留めに行ったのか、え？」とバストが小声で言い、そして目を見開いた。

「なんてことだ。あなた、カーターが殺したやつのかけらを持ってたね。信じられない。嘘をついたね。このおれに！」

コートが重い足取りで階段をのぼりながらため息をついた。「嘘に腹を立てているのかね。それとも嘘にまるで気づかなかった自分に怒っているのか?」

バストがせきこんで言った。「信頼してもらえなかったから怒ってるんだよ」

二人は話すのをやめて、二階にある空っぽの部屋の一つを開け、紀伝家の服を脱がせ、寝心地のよいように寝台に横たえた。寝台脇の床に、コートが小さいかばんと荷袋を置いた。

部屋の扉を後ろ手に閉めながらコートが言った。「信頼はしているよ、バスト。だが、危険な目に遭わせるわけにはいかなかったんだ。自分で対処できるとわかっていたから」

「力になれたのに、レシ」バストが傷ついた調子で言った。「それはわかってたんだろ」

「今でも力になれるよ、バスト」そう言いつつコートは自分の部屋へ向かい、幅の狭い寝台の端にどさりと腰を下ろした。「傷を縫わないと」シャツのボタンをはずし始める。「自分でもやれるが、さすがに肩のてっぺんと背中には手が届きにくい」

「何言ってんの、レシ。おれがやるって」

コートが扉の方を身振りで示す。「わたしの用具は地下室にある」

バストが取り合わず鼻を鳴らした。「自分の針を使いますよ、ご心配なく。ちゃんとした骨です。憎しみがこもった小さなかけらみたいに刺す、野蛮なぎざぎざの鉄製のやつじゃなくて」身を震わせる。「まったく、あんた方の未開ぶりときたら怖いくらいだ」バストは扉を開けたまま、勢いよく部屋から出ていった。

コートは、顔をゆがめ、息を詰めて、ゆっくりとシャツを脱いだ。傷に貼りついた乾いた血が剝がされる。バストが水を張ったたらいを手に部屋に戻ってきて体を拭き始めると、コートは平然とした顔に戻った。

乾いた血が拭き取られると、深く刻まれたまっすぐな長い傷口がくっきりと現われた。傷は、床屋のかみそりか割れたガラスの破片でざっくり切られたように、亭主の白い肌に赤々と口を開けていた。おそらく全部で十数か所、そのほとんどが肩のてっぺんに、いくつかは背中と腕についていた。一つは頭頂から後頭部を伝い下り、耳の後ろまで続いていた。

「あなた、血は流さないはずじゃないんですか、レシ。〝無血〟の異名を持ってることだし」

「お話をいちいち信じてはいけないよ」バスト。「嘘もある」

「傷は思っていたほどじゃない」とバストが言い、手を拭いた。「本来なら、片耳くらいなくしていてもいいけど。そいつらは、カーターを襲ったやつみたいな手負いだったの？」

「いや、見るかぎりそうじゃなかった」

「何匹いたの？」

「五匹」

「五匹？」バストが仰天した。「さっきの人は何匹殺《や》ったの？」

「しばらく一匹の注意をそらせてくれたよ」とコートが寛大に言った。

「アンパウエン、レシ」と、骨で作った針にてぐすより細く丈夫な糸を通しながら、バストがかぶりを振った。「あなたホントなら死んでるはずだ。二度死んでなきゃ」

コートが肩をすくめる。「わたしが死んでるはずなのはこれが初めてじゃないよ、バスト。わたしはそれを避けるのが得意でね」

バストが仕事に集中した。「少しチクチクするよ」その手は不思議なほどやさしかった。「レシ、正直言って、よくまあ今まで命を保てたもんだと思うね」

コートがまた肩をすくめ、目を閉じた。「わたしもだよ、バスト」その声は、疲れ、沈んでいた。

数時間後、バストはコートの部屋の扉をほんの少し開け、中をのぞき見た。ゆっくりとした規則的な息づかいだけが聞こえてきたので、若者はそうっと歩いていって寝台のそばに立ち、眠っている男の上に身をかがめた。彼の頰の色を見つめ、息の匂いを嗅ぎ、額、手首、心臓の上の方の喉のくぼみにそっと触れた。

それから寝台のそばに椅子を引き寄せて腰かけ、主人を見つめ、息づかいを聞いていた。しばらくすると手を伸ばし、母親が眠っている子どもにするように、顔にかかったまとまりにくい赤い髪の毛を後ろになでつけた。そしてそっと歌い始めた。軽快で、変わっていて、子守歌のようだった——

「人が燃え、日ごとに小さくなってゆくのを
見ているのは、なんと奇妙なことだろう
その輝く魂は燃え上がろうとするのに
風は思いのままに吹く
わたしの火をあなたに捧げることができるならばそうしよう
あなたの明滅は何をば語っているのだろう」

バストの声は次第に消えていき、やがてじっと座ったまま、夜明け近くの暗闇で、主人がひっそりと呼吸するのを長い時間ずっと見ていた。

第六章　記憶の代償

紀伝家が道の石亭の広間に降りてきたのは、翌日も夕刻早くのことであった。青白い顔で足元をふらつかせ、片腕に平たい革のかばんを抱えている。

コートはカウンターの後ろに腰かけ、本をめくっていた。「はからずも客になってしまった方のおでましですな。頭の具合はいかがです？」

紀伝家が片手で後頭部に触る。「急に体を動かすとちょっとずきずきしますけど、まだ機能しているようです」

「それはよかった」

「ここは……」あたりを見まわして口ごもる。「ネワーレですか？」

コートがうなずいた。「まさにネワーレのど真ん中ですよ」片手を大げさにさあっと動かしてみせる。「繁栄する大都市。大勢の人が暮らす場所」

紀伝家はカウンターの向こうの赤毛の男を見つめた。体を支えるため、テーブルに寄りかかった。「黒焦げご神体よ」と息をこらす。「確かにあなただ、そうでしょう?」

亭主は困惑した様子になった。「は?」

「否定なさるだろうとはわかっている。でもわたしがゆうべ見たものは……」

亭主は片手を上げてさえぎった。「頭をぶつけて正気を失ったという可能性を論じ合う前に、教えてくれませんか、ティヌエへの道中はどんな具合か」

「え?」紀伝家はいら立った。「ティヌエへ向かっていたのではありません。わたしは……ふむ。まあ、ゆうべのことがなくても、街道はかなりひどいもんです。アボッツ・フォードのあたりで盗みにあったので、それからはずっと徒歩ですよ。でもあなたが本当にここにいるとわかったわけだから、そのかいはありました」紀伝家はカウンターの上にかかっている剣を見て、深く息を吸うと、どこか不安げな表情になった。「ちなみに面倒を起こそうとここにいるのではありませんよ。あなたの首の懸賞金目当てでもない」かすかに微笑む。「とはいえ、わたしごときではあなたに迷惑をかけることすらできますまいが……」

「結構」と亭主がさえぎり、白い布を取り出して、カウンターを拭き始めた。「ではあなたはどなたです?」

「紀伝家とお呼びください」

「呼び方をお尋ねしたのではない。お名前はなんというのです？」

「デヴァン。デヴァン・ロッキース」

コートがカウンターを磨く手を止め、顔を上げた。「ロッキース？　公爵とつながりのある……」コートは口をつぐみ、納得してうなずいた。「うん、もちろんそうだ。一介の紀伝家ではなく、唯一無二の紀伝家」はげかかった男を、上から下までじっと見る。「これはこれは。正体を暴くことにかけて一流の御仁《ごじん》ではないか」

紀伝家は、自分が知られているのを喜んで、わずかに楽になった。「もったいぶろうとしたわけではありません。長いあいだ、自分をデヴァンとは考えていなかったのです。その名ははるか以前に捨てましたから」亭主を意味ありげに見る。「あなた自身、そういう事情をご存じだと思いますが……」

コートは口にされない質問を無視した。「ずっと前にご著書を読みましたよ。『ドラッカス類の交配習性』。頭が物語でいっぱいの若者には、かなり驚くべきものだった」顔を伏せ、再びカウンターの木目に沿って白い布を動かす。「実を言えば、ドラゴンが存在しないとわかってがっかりしたがね。少年には受け入れがたい事実だったな」

紀伝家は微笑んだ。「正直、わたしもちょっとがっかりしたんですよ。伝説を探しに出かけたら、見つかったのはトカゲなんですから。実にすごいトカゲではあるが、トカゲに変わりはない」

「そして今度はここにおいでになった。わたしが存在しないと証明するためなのか?」

紀伝家はおずおずと笑った。「いいえ。わたしたち、噂を聞きまして……」

「わたしたち?」コートが口を挟んだ。

「あなたの古いご友人のスカルピと旅をしていたんです」

「あなたを保護していたわけだ」と独り言を言う。「なるほど。スカルピの弟子か」

「むしろ仲間というところですが」

コートは無表情のままうなずいた。「最初にわたしを見つけるのは彼だと予想しておくべきではあった。噂好きだからね、あなた方二人とも」

紀伝家から微笑みが消えて不機嫌な顔になり、口にのぼりかけた言葉を飲みこんだ。気を鎮《しず》めるのに少しかかった。

「さて、どういたしましょう」コートは清潔な布を傍らに置くと、宿の主人らしく笑いかけた。「食べ物か飲み物をお出ししましょうか? お部屋をご用意しましょうか?」

紀伝家はためらった。

「なんでもそろっていますよ」カウンターの後ろを広々と示してみせる。「口あたりのよい熟成した白ワイン、蜂蜜酒、ダーク・エール。甘い果実酒もありますよ! プラム、チェリー、青リンゴ、ブラックベリー」代わる代わる瓶を指さす。「さあさあ、何かお飲みになりたいでしょう？」話しているうちに微笑みは大きくなり、必要以上に歯を見せて、友好的な亭主らしからぬ笑い顔を作った。同時に目が冷ややかになり、据わり、怒りの色が宿った。

紀伝家は視線を落とした。「わたしが考えるに……」

「あんたが考えた」とコートが微笑むまねをいっさいやめ、あざけるように言った。「それはどうだか怪しいものだ。というのも、本当に考えたなら」と言葉を切る。「ここに来ることでどれだけの危険をわたしにもたらすかもわかっていたはずだ」

紀伝家は顔を紅潮させ、「クォートは恐れを知らぬ者と聞いております」と激しい口調で言った。

亭主は肩をすくめた。「恐れを知らぬのは坊さんと愚か者だけで、わたしは神と親しくしたことなど一度もない」

紀伝家は、挑発されていると気づいて眉をひそめた。「あのですね」と穏やかな口調に切り換えて続ける。「細心の注意を払いました。スカルピ以外、わたしの行く先はだれも知りませんでした。あなたのことはだれにも言いませんでした。あなたを見つけられるとも思っていませんでした」

「それはなんとも気が安まることで」とコートが皮肉をこめて言った。

紀伝家は目に見えて落胆した。「わたし自身、ここに来たのは間違いだったかもしれないと認めます」間を置き、コートに否定する機会を与えた。コートは否定しなかった。

紀伝家は引きつったように小さく一つため息をつき、続けた。「だがもう遅い。せめて考えてはくだ……」

コートが首を振った。「はるか以前のことだし……」

「二年にもなっていませんよ」と言い返す。

「……今のわたしは以前とは違う」とコートが間を置かずに続けた。

「以前はどういうものだったのですか？」

「クォート」とだけ言い、それ以上説明させられるのを拒んだ。「今、わたしはコートだ。宿を管理している。つまり、ビールは三シムで、宿泊は銅貨ということだ」再び猛烈にカウンターを磨き始める。「おっしゃるように、過ぎたるはなんとやら。物語はなるようになるのだ」

「でも……」

コートが顔を上げた一瞬、紀伝家には、その目にぎらついた怒りの向こう側にあるものが見えた。その下に、深すぎて癒《い》えることのない傷のような、むき出しで血だらけの苦悩を見た。そしてコートが顔をそらすと、怒りだけが残った。「思い出す代償に値するものを、あんたはとても提供できまい」

「あなたは死んだとだれもが思っています」

「まるでわかってないな、え？」コートが愉快がり、かつ憤激してかぶりを振った。

「それこそまさに狙いどおり。死人を探す者はいない。昔の敵は死人に復讐などしない。人々は死人に物語を聞かせてくれなどと頼みはしない」と辛辣《しんらつ》に言う。

紀伝家はあとへ引かなかった。「あなたはただの神話だと言う人もいます」

「わたしは確かに神話だよ」とコートが大げさな身振りをしながらあっさり言う。「自分で自分を創り出す特別な神話だ。わたしについていちばんよくできた嘘は、わたしが自分で語ったものだ」

「あなたはそもそも存在しなかったのだと言ってるんです」紀伝家がそっと訂正した。

コートは平然と肩をすくめた。微笑みが気づかれない程度に消えた。

弱みを嗅ぎつけた紀伝家は続けた。「一部のお話では、あなたは手を血に染めた殺人者に毛が生えた代物でしかない」

「それもわたしだ」コートはカウンターの向こうの作業台を磨きにかかった。また肩をすくめたが、さっきより動作が鈍い。「わたしは、人間と、人間以上のものを殺した。

どれも殺されて当然だった」

紀伝家がゆっくりとかぶりを振った。「そのお話では〝英雄〟ではなく〝殺し屋〟として語られています。秘術士のクォートと王殺しのクォートは、別人だと」

コートはカウンターを磨く手を止め、部屋に背を向けて、うつむいたまま一度うなずいた。

「新種のチャンドリアンがいるという者さえいます。夜の新たな恐怖。その髪の毛は、その者が流させる血ほども赤いと」

「しかるべき人々にはその違いがわかっている」とコートが自分を納得させようとするかのように言ったが、その声には説得力がなく、うんざりして捨て鉢になっていた。

紀伝家が少しだけ笑った。「もちろんです。今は。しかしだれよりもあなたこそ、真実ともっともらしい嘘は紙一重だとご存じでしょう。歴史とただの娯楽のための物語も」しばらく間を置いて言葉がしみ通っていくのを待つ。「そして、やがてどちらが勝つかもご存じでしょう」

コートは両手を作業台の上につけ、後ろの壁を向いたままだった。すごい重さをかけられたように、頭をわずかに垂れていた。黙っていた。

勝機を見た紀伝家は、意気ごんでさらに踏みこんだ。「一部の人たちが言うには、ある女性がいたとか……」

「そいつらに何がわかる」コートはのこぎりが骨を切り落とすように、スパッと言った。

「起きたことの何がわかるっていうんだ」ひっそりと話すので、紀伝家は息を殺して聞き耳を立てなければならなかった。

「人々は、その女性が……」部屋が不自然なほど静かになったので、紀伝家の乾いた喉には突然言葉が詰まってしまった。コートは恐ろしいほどの沈黙をかみしめつつ、部屋に背を向けたままじっと立っていた。清潔な白い布を持った右手で、ゆっくりとこぶしをつくった。

二十センチほど離れたところで、瓶が一本砕けた。ガラスが砕ける音とともに、イチゴの香りがあたりを満たした。小さな音だが室内は静まり返っていたので、それで充分だった。静寂を小さなとがった破片に砕くのには充分だった。紀伝家は自分が危険な駆け引きをしていることに突然気づき、血の気が引いた。呆然として思った――なるほどこれが、物語を語ることと、その中に身を置くこととの違いか。この恐怖が違うのだ。

コートが振り向いた。「そいつらに、彼女の何がわかるというのだ」とつぶやくように訊く。コートの顔を見た紀伝家は息をのんだ。穏やかな宿の主人の表情は、打ち砕かれた仮面のようになっていた。その下には、取り憑かれたような表情があった。半分はこの世を見ていて、半分は何かを思い出しながらどこかほかのところを見ている。

気がつけば紀伝家は、以前聞いたある物語を、多くの物語の一つを思い浮かべていた。それは、クォートが望みのものを探しにいったときの話だ。それを手に入れるには、魔物をだまさなければならなかった。しかしいったん手に入れると、それを自分のものにしておくために天使と戦わなければならなくなった。信じられる、と紀伝家は思った。これまでは物語にすぎなかったが、今は信じられる。これは、天使を殺した男の顔だ。

「そいつらが、わたしの何を知ろうか」とコートが、麻痺したような怒りを声にこめて問いただした。「このいっさいの何がわかろうか」一瞬、割れた瓶、カウンター、世界、そのすべてを取りこむような荒々しい身振りをする。

紀伝家が、乾いた喉にさからってごくりと唾を飲みこんだ。「聞かされたことだけですよ」

ポタッポタッ、ポタポタ。割れた瓶から、不規則なリズムで酒が床に滴《したた》り始めた。

「ほう」とコートが長い息を吐いた。ポタポタ、ポタポタ、ポタ。「賢い。わたしの最上のトリックをわたしに対して使おうというわけだ。わたしの物語を人質に取って」

「真実を語ります」

「わたしを壊せるのは真実だけだ。真実よりも厳しいものがあるか？」冷やかすような薄笑いを浮かべる。しばらくのあいだ、床をそっと叩く滴《しずく》の音だけが、静寂を寄せつけなかった。
ついにコートは、カウンターの向こうの戸口から出ていった。紀伝家は、引き取れと
いう合図なのかどうかわからずに、だれもいない部屋に困った様子で立っていた。
数分後、コートが石けん水を入れたバケツを手に戻ってきた。紀伝家の方は見ずに、
丹念にそっと瓶を拭き始めた。一本ずつ、イチゴのワインを底から拭き取り、それらが
自分を守ってくれるかもしれないというように、自分と紀伝家のあいだのカウンターの
上に並べた。

「それであなたは神話を探しに赴いて、人間を見つけたわけだ」と、顔を上げずに一本
調子で言う。「あなたはすでに物語を聞き、今度は真実を求める」

紀伝家は全身で安堵を表わし、小さいかばんをテーブルに置いた。手がかすかに震え
ているのに自分で驚いた。「しばらく前、あなたのお噂を聞きました。少しばかりです
が。思ってもみませんでした……」紀伝家が急に気まずくなって間を置いた。「あなた
はもっと歳がいっているかと思ったんです」

「そのとおりだが」とコート。紀伝家はまごついた様子になったが、口を開く前に亭主
が続けた。「どんなわけでこの取るに足りない世界の片隅にやって来たのだ？」

「バーデン・ブライト伯爵と面会する約束なんです」と、わずかに胸を張る。「三日後、トレヤで」

宿の亭主は磨く手を止めた。「四日足らずで伯爵の屋敷に着けると思っているのか？」と静かに尋ねる。

「予定より遅れています」と認める。「アボッツ・フォードの近くで馬を盗まれたんです」窓の外に目をやって、暮れゆく空を見た。「でも寝る時間が少なくなってもかまいません。朝になったら出発し、お邪魔はしません」

「睡眠時間を奪いたくはないね」コートがまた据わった目で皮肉っぽく言った。「ひと息ですべて言えるよ」咳払いする。「〝わたしは巡業し、旅をし、愛し、失い、信頼し、裏切られた〟いま言ったことを書き留めて、役にも立たないのだから焼き捨ててしまえ」

「ご心配には及びません」とすかさず応じる。「ひと晩かかってもかまいません。加えて朝に数時間」

「なんとお情け深い」とコートが鋭く返す。「わたしの物語をひと晩で語らせると？　考えをまとめる時間もなく？　準備する時間もなく？」唇を引き結ぶ。「冗談じゃない。伯爵様と遊んでおいで。お断りする」

紀伝家が早口で追う。「絶対に必要だとお考えなら……」

「ああ」コートがカウンターにドンと瓶を置いた。「あなたが言うよりもっと時間が必要だと言っておいた方がよいだろう。今夜は何もお聞かせできない。真の物語は準備するのに時間がかかるからね」

紀伝家はびくびくしながら眉をひそめ、髪の毛に両手を走らせた。「明日一日かけてあなたのお話を聞き取らせていただくこともできますが……」コートが首を振っているのを見て、言葉を濁した。しばらくしてから、独り言を言うようにまた話を始めた。

「バーデンで馬を手に入れれば、明日はずっと時間が取れます。夜のほとんど、そして翌日も少し」額をこする。「夜に馬に乗るのはいやですが……」

「三日はかかる」とコート。「それは確かだ」

紀伝家が青ざめた。「しかし……伯爵が」

コートがもういいというように片手を振った。

「三日は必要ありません」と紀伝家がきっぱり言った。「オレン・ヴェルシターに話をしてもらったことがあります。オレン・ヴェルシターですよ。八十歳ですが、二百年分は生きた人です。嘘も入れれば五百年。あちらがわたしを捜し出したんです」最後のせりふを特に強調して言った。「二日しかかかりませんでしたよ」

「わたしの申し出はこうだ」と、亭主が簡潔に言った。「きっちりやるか、まったくやらないかのどちらかだ」

「待ってください！」紀伝家がいきなり活気づいた。「逆に考えてしまっていました」と、自分の愚かさにかぶりを振る。「伯爵をお訪ねしてから戻ってきます。それなら望むだけ時間をかけていただける。スカルピを連れてくることさえできます」

コートは心底蔑むように紀伝家を見た。「戻ったときにわたしがまだここにいるとでも思っているのか？」といぶかしげに訊く。「それを言うなら、ここまで知ったあとで、好き勝手にここから出ていけるとでも思っているのか？」

紀伝家は体を硬直させた。「あなたが……」言葉を呑んで、また始める。「あなたがおっしゃっているのはつまり……」

「語るのには三日かかる」とコートがさえぎった。「明日始める。わたしはそう言っているのだ」

紀伝家は目を閉じ、片手で顔をなでた。伯爵は当然激怒するだろう。歓心を取り戻すにはどれほどのことをすればいいやら、見当もつかない。だが……。

「それしか方法がないのでしたら、仰せのとおりにしましょう」

「それはよかった」亭主は緊張を解いてわずかに微笑んだ。「それに、三日がかりが本当にそれほどめずらしいのか？」

紀伝家が真顔に戻った。「三日かかることはほとんどありません。しかし、そうは言っても……」どことなくうぬぼれが漏れ出しているようだった。「そうは言っても」と、言葉など役に立たないと示そうとするような仕草をしてみせる。「あなたはクォートですから」

コートと名乗る男が、瓶の陰から顔を上げた。たっぷりした唇でゆがんだ笑みを作ってみせた。目の奥で閃光がきらめく。背丈が伸びたように見えた。

「ああ、それがわたしなのだろう」とクォートが言った。その声は、鉄のように堅牢だった。

第七章　始まりとものの名前

陽の光が道の石亭に射しこんできた。始まりにふさわしい、ひんやりとした新鮮な光。光は、一日の仕事にかかろうと水車をまわしにかかった粉屋をなでるように過ぎた。光は、鍛冶屋が四日間冷えた鉄の加工作業をやったのちに再び火を熾《おこ》しつつある炉を照らした。光は、荷車につながれた馬と、秋の一日の始まりに備えて鋭くぎらつく鎌の刃に触れた。

道の石亭では、光が紀伝家の顔に落ち、そこにある始まりに、物語の最初の言葉を待ち受けている空白の頁に触れた。光はカウンターを横切って流れ、色つきの瓶から無数の小さな虹を生み、決定的な始まりを探しているかのように、剣に向かって壁を登った。

しかし、光が剣に届いたとき、始まりはどこにも見えなかった。それどころか、剣が反射した光は鈍く、黒ずみ、古びていた。それを見た紀伝家は、今は一日の始まりとはいっても、寒さの深まる晩秋でもあることを思い出した。剣が放つ鈍い光は、季節の終わり、一年の終わりに比べれば、夜明けは小さな始まりにすぎないと語っていた。

クォートが何か言ったようなので、紀伝家は剣から目を離した。

「なんとおっしゃいました？」

「普通、人々は自分の物語をどんなふうに語るのだ？」とクォート。

紀伝家が肩をすくめる。「ほとんどの人は、覚えていることを語ります。あとでわたしが順序立てて出来事を記録し、必要のない箇所を取り除き、明確にし、わかりやすくし、というような作業をします」

クォートが眉をひそめた。「それではだめだと思う」

紀伝家がおずおずと微笑んだ。「語り手もさまざまでして。自分が語る話に口を出さないでもらいたがる。だがその一方で、聞き手には熱心に耳を傾けてもらいたがる。わたしはたいていまず聞いて、あとで記録します。記憶力はほぼ完璧ですから」

「ほぼ完璧というのでは困る」とクォートが、指を一本、唇に押しあてた。「どれくらいの速さで書ける？」

紀伝家は心得たように微笑んだ。「人が話すよりも速く」

クォートは片眉を吊り上げた。「そいつは見物《みもの》だ」

紀伝家はかばんを開け、何枚もの白い上質な紙とインク壺を取り出した。注意深くそれらを並べると、インクにペンを浸し、期待をこめてクォートを見つめた。

クォートが椅子に座って身を乗り出し、早口で言った。「わたしは。わたしたちは。彼女は。彼が。彼らは」クォートが見ていると、紀伝家のペンが躍り、紙を引っかいた。「わたし紀伝家はここに、己が読むことも書くことも能《あた》わずと認める次第。無精。不敬。コクマルガラス。水晶。ウルシ。雨。エゴリアント。リン・タ・ルー・ソレン・ヘア。フェイトンに若い未亡人がおりまして、その貞操観念は岩のごとく強いものでした。未亡人が赴く先は告解、というのも実は彼女が一回……」クォートはさらに身を乗り出して、紀伝家が書くのを見ていた。「興味深い……あ、もういいよ」

紀伝家はまた微笑むと、布でペンを拭いた。紙の上には訳《わけ》がわからない記号が一列に並んでいる。「暗号のようなものなのか？」とクォートは声に出して考えた。「とてもすっきりしている。これならあまり紙を無駄にすることもないだろう」書かれた文字をもっとよく見ようと、紙を自分の方に向けた。

「紙は絶対に無駄にしたりはしません」と紀伝家はいばった。

クォートは顔を上げずにうなずいた。

「エゴリアントとはどういう意味です？」と紀伝家。

「え？　あ、意味はない。わたしがでっち上げたものだから。なじみのない言葉を聞いて速度が落ちるか確かめたかったのでね」伸びをし、椅子を引いて紀伝家に近づく。

「この読み方を教えてくれたら始めよう」

紀伝家はそれはどうだろうという顔つきになった。「とても複雑なんですがね……」

だがクォートが顔をしかめたのを見て、ため息をついた。「やってみましょう」

紀伝家は、深く息を吸うと、話しながら一列に記号を書き始めた。「わたしたちは、およそ五十の異なる音を使って話しています。そのそれぞれに、一、二画の記号を与えました。すべて音です。自分が理解できない言葉すら書き表わすことができるはずです」指し示す。「これらは各種の母音を表わします」

「すべて縦の線だね」と熱心に紙を見た。

紀伝家はいつもの調子を狂わされ、中断した。「まあ……そうです」

「では子音は横か？　こういうふうに組み合わせるのか？」クォートはペンを取り、紙にいくつか記号を書いた。「なるほど。一語につき二、三文字以上は必要ないわけだ」

紀伝家はクォートを無言で見ていた。

クォートは紙に気を取られ、それに気づかなかった。「これが〝雨〟だとしたら、これらはアという音だろう」と、紀伝家が書いた文字の集まりを示す。「ア、イ、エ、ゥ。するとこれらはオとなる」クォートは納得してうなずき、紀伝家の手にペンを返した。

「子音を見せてくれ」

紀伝家はぼんやりと発音しながら書いた。またクォートがペンを取り、一覧表を完成させていき、唖然としている紀伝家に、間違っていたら教えてくれと言った。

紀伝家はクォートが表を完成させていくのを眺め、発音を聞いていた。初めから終わりまで十五分。一つも間違えなかった。

「すばらしく効率的な方法だ」とクォートが感心して言った。「非常に論理的だ。自分で考え出したのか？」

紀伝家は、クォートの前に置かれた紙の上の文字の列を見つめていたので、返事をするまで長くかかった。ようやく、クォートの質問には答えずに自分が訊いた。「テマ語を一日で習得なさったというのは本当ですか？」

クォートはかすかに微笑み、テーブルを見下ろした。「昔の話だよ。ほとんど忘れていた。実際には一日半かかった。寝ずに一日半。なぜ訊くのだ？」

「その話を大学で聞きました。信じませんでしたけどね」紀伝家はクォートがきっちりと暗号を書いた紙を見下ろした。「完全にですか？」

クォートは困惑した。「え？」

「言葉を完全に身につけたんですか？」

「いや。そんなわけはない」といら立つ。「一部だけだよ。確かに大部分ではあるが、言葉はもちろんのこと、どんなものでも完全に学ぶことなどできないと思うが」

クォートは手をこすり合わせた。「では、用意はいいか？」

紀伝家は頭をはっきりさせようというように振ると、新しい紙を一枚置いてうなずいた。

クォートは片手を上げて紀伝家を待たせた。「この話は一度もしたことがないし、これから先も二度とするつもりはない」クォートが椅子に座ったまま身を乗り出した。「始める前に、わたしがエディーマ・ルーの者だということを覚えておいてほしい。わたしたちは、『カラプティーナ』が燃やされる前から、書かれた本が出現する前から、音楽が演奏されるようになる前から、話を語っていた。初めて火が焚かれたとき、わたしたちルーの者は、その明滅する光の円の中で、物語を紡いでいたのだ」

クォートが文士に向かってうなずく。「あなたが物語の優れた収集家であり、出来事の記録者だという評判は承知している」クォートの目が、火打ち石のように堅く、割れたガラスのように鋭くなった。「そうであっても、わたしが語る言葉は、一つたりとも変えないでもらいたい。とりとめのないことを言ったり、横道にそれたりしているようでも、真の物語が一直線に進むことはまずないことを思い出してほしい」

紀伝家は厳粛にうなずき、一時間もあれば自分が考え出した暗号を解読できる頭脳、一日で一つの言語を習得できる頭脳はどんなものかと想像しようとした。

クォートは穏やかな笑みを浮かべると、記憶にとどめようとするように部屋を見まわした。紀伝家はインクにペンを浸し、クォートは三回深呼吸するのにかかる時間、組み合わせた手を見下ろしていた。

そして、語り始めたのであった。

「ある意味でそれは、彼女が歌うのを聞いたときに始まった。彼女の声はわたしの声とつながり、混じり合った。彼女の声は、彼女の魂の肖像のようだった。炎のように奔放で、砕け散ったガラスのように鋭く、クローバーのように甘く清らか」

クォートは首を振った。「違う。それは大学で始まった。物語で語られるような魔術、勇者タボーリンのような魔術を学ぼうとそこへ行った。わたしは風の名前を学びたかったのだ。炎と稲妻を求め、一万の問いに対する答えを求め、文書館への入館を求めた。しかし大学にあったのは物語とはまるで違っていて、大いに幻滅した。

だが、本当の始まりは、わたしを大学へと導いたものにあると思う。黄昏《たそがれ》どきに不意に出くわした炎。井戸の底に潜む氷のような目をした男。血と、燃える髪の匂い。チャンドリアン」一人うなずく。「そう。すべての始まりはそこにあると思う。多くの意味で、これはチャンドリアンについての物語なのだ」

クォートは、何か暗い思考から自分を解き放とうとするように首を振った。「だが、もっとさかのぼる必要があるかな。これがわが言行録らしきものになるのであれば、その分の時間も許されよう。偉人として記憶されないにしても、せめて少しは正確に記憶してもらえるなら、その価値はあるだろう。

だがわたしがこのような形で物語るのを父が聞いたら、なんと言うだろうか。〝事の初めから始めなさい〟。よろしい、どうせ語るのなら、きちんとやろうではないか」

クォートは椅子に座ったまま身を乗り出した。

「原初、わたしの知るかぎり、世界はアレフによって名もない空白から紡ぎ出された。アレフはあらゆるものに名前を与えた。あるいは物語によっては、すでにあらゆるものが保有していた名前を見出したとされる」

紀伝家はクスッと笑いをもらしたが、紙から目を上げたり書く手を止めたりはしなかった。

クォートも微笑み、続けた。「笑っておられる。よろしい、簡潔にするため、わたしが創造の中心だとしよう。これにより、帝国の興亡とか、武勇伝とか、悲恋の詩とか、そういったおびただしい数の退屈な話を省くことにしよう。真に重要な唯一の話に向かって先を急ぐことにしよう」いちだんと大きく微笑む。「わたしの物語に」

わたしの名はクォート、発音はクウォートとほとんど同じである。名は重要だ。当人について実に多くのことを語るから。わたしには、人が通常与えられてしかるべき数よりも多くの名前があった。

アデムたちはわたしをメイドレと呼ぶ。これは言い方によって、「炎」、「雷鳴」、「折れた木」という意味になる。

「炎」、これはわたしをひと目見れば明らかだろう。わたしは赤毛で、それもまばゆい。二、三百年前に生まれていたら、魔物として火あぶりにされていただろう。短く保っているが、まとまりにくい。放っておくと突っ立ち、燃え上がっているように見えてしまう。

「雷鳴」は、太く低い声と、幼いころに舞台稽古を積んで獲得した声の響きの印象でつけられた。

「折れた木」はさほど重要と思ったことはない。振り返ってみると、多少予言めいたところもあったと言えるかもしれないが。

最初の師にはエリールと呼ばれた。わたしが自分が賢いことを自覚していたからだ。心から愛した最初の恋人は、響きが好きだからとデュラトールと呼んだ。シャディカー、光の指、六弦とも呼ばれた。無血のクォート、秘術士クォート、王殺しのクォートとも呼ばれた。これらの名は自ら勝ち取ったものだ。買い、代償を払って。

だがわたしはクォートという名で育てられた。「知る」という意味だと、父から聞いた。

もちろん、ほかにも多くの呼び名があった。そのほとんどは蔑称だが、大方は身から出た錆ではあった。

わたしは墓に眠る王たちから姫君たちを奪った。トレボンの町を焼き払った。フェルリアンと一夜をともにし、正気を保ったまま生きて帰った。ほとんどの者が入学を許される歳よりも若くして、大学から放校された。昼日中でも人が口にするのを恐れる道を、月明かりを頼りに歩いた。神々と語り、女たちを愛し、吟遊詩人も涙する歌を書いた。

わたしのことを耳にした方もおいでだろう。

第八章　泥棒、異端者、売春婦

これがわが言行録らしきものになるのであれば、事の始めから、わたしという人間の出発点から始めなければならない。そこで、何をおいてもわたしはまずエディーマ・ルーの者だったということを覚えておいてほしい。

俗説とは違って、旅芸人だからといってルーの者とはかぎらない。わたしの一座は、わずかな日銭を稼ぐために辻で笑いを取ったり、食事にありつくために歌ったりする、貧相な芸人の寄せ集めなどではなかった。宮廷芸人であり、グレイファロウ卿に仕える者たちだったのだ。ほとんどの町では、わたしたちがやって来るというのは、冬至祭とソリネード大会を一緒にした以上の一大事だった。一座には普段、少なくとも八台の荷馬車があり、二十五人以上の芸人がいた。役者、軽業師、演奏家、手品師、曲芸師、道化師――わたしの家族だ。

父は、ずば抜けた役者であり演奏家だった。母は生まれつき言葉の才があった。二人とも、黒髪でなごやかな笑いを絶やさない、美しい人たちだった。二人は骨の髄までルーであり、それ以上は言うべきにも非《あら》ず。

ただし一つだけ付け加えておくと、母は座員になる前、貴族だった。「お父さんが、甘美な音楽と、それにも増して甘美な言葉で、〝みじめで憂鬱な地獄〟から誘い出してくれたのよ」と母から聞いた。地獄とは、三つ辻《スリー・クロッシング》という、わたしが幼いときに親類を訪ねた場所のことではないかと思う。訪ねたといっても、一度だけ。

両親は結婚はしなかった。二人がどの教会に対しても自分たちの関係を公式に届けたりしなかったという意味だ。それが恥ずかしいとは思わない。自分たちのあいだで契《ちぎ》りを結んだのであり、それをお役所や神に告げる必要はないと二人は考えたのだ。わたしはそれを尊重する。事実二人は、わたしの知る範囲では、正式に結婚したどの夫婦よりも、満ち足りて、互いに誠実であるように見えた。

パトロンはグレイファロウ男爵で、その名は、通常はエディーマ・ルーには閉ざされるはずの扉をいくつも開けてくれた。お返しに、わたしたちは男爵家の色である緑色と灰色を身につけ、行く先々で男爵の名声を高めた。年に一度、男爵の屋敷で二旬間過ごし、一家を楽しませた。

果てしなく続く祭りの中で育った子ども時代は幸せだった。町から町へ荷馬車で移動する長い時間に、父は台本の独白の部分を読んでくれた。ほとんどを暗誦し、その声は五百メートル先まで道を駆けていく。わたしも台本を追い、脇役のせりふのところで入ったりした。特に優れた部分を読み上げるよう父から促されたので、味わい深い言葉の持つ感触を愛するようになった。

母とは、一緒に歌を作った。両親がロマンチックな会話を演じ、わたしがそれを本で追うこともあった。当時は遊びだと思っていたよ。それが実に巧妙な授業だったことなど、まるで気がつかなかった。

わたしは訊きたがりで知りたがりの、好奇心にあふれた子どもだった。軽業師と役者たちが教師なのだから、ほとんどの子どもたちと違って、授業を毛嫌いするようにならなかったのも不思議はない。

当時、街道は今より安全だったが、用心深い人たちは安全のため一座に同道した。わたしの教育を補足してくれたのは彼らだ。連邦の初歩的な法律のあれこれは、酒がまわりすぎているのか尊大すぎるのか、講義している相手が八歳の子どもだと気づきもしない巡回弁護士から教わった。木工術は、一季のほとんどをわたしたちとともに移動したラクリスという名の猟師から教わった。

モデグの王宮内部のあさましい仕組みを教わったのは……高級娼婦からだった。父がよく言っていた。「ジャックはジャックと呼びなさい。スペードはスペードと呼びなさい。だが娼婦は必ずご婦人と呼びなさい。彼女たちの人生はただでさえつらいものだし、礼儀正しくして悪いということはないのだからね」

ヘテラはかすかにシナモンの香りを漂わせ、九歳のわたしはなぜなのかわからなかったが、彼女に魅了された。彼女からは、人前で話したくないことは一人のときにでもするなと教えられ、寝言を言わないようにとも忠告された。

そして、わたしの最初の真の教師がアベンシー。アベンシーは、わたしがほかの人たちから受けた教えをすべて合わせたよりも多くのことを教えてくれた。彼が現われなければ、今のわたしのような男にはならなかっただろう。

だからといって彼を責めないでほしい。彼は善意でやったのだから。

「移動してもらいたい」と町長が言った。「町の外に野営すれば、けんかをしたり、自分のものじゃないものを持って姿を消したりしないかぎり、だれも邪魔はせんから」町長は、意味ありげに父を見た。「明日出発しろ。興行はなし。厄介なばかりだからな」

「免状はいただいておりますが」と父は、上着の内ポケットから、たたんだ羊皮紙を取り出した。「そればかりか、興行を命じられていますが、」町長はかぶりを振り、身動きせずにわたしたちの後援者からの文書を見た。「町民が荒れる」ときっぱり言う。「この前は、劇の最中にひどい騒動になった。酒を飲みすぎるわ、興奮しすぎるわ。集会場の扉を引きちぎり、テーブルを壊した。集会場は町のものなんだ。修理代を負担するのは町なんだよ」

このときまでには、わたしたちの荷馬車に注目が集まっていた。トリップはジャグリングをし、マリオンと彼の妻は即興であやつり人形劇を披露していた。わたしは荷馬車の陰から父を見ていた。

「あなたも後援者も怒らせたくはない」と町長。「だが、またあの晩のようなことになっちゃ、町としてはたまらない。善意のしるしとして、一人に銅貨一枚、全部でざっと二十ペニーお渡しするから、出発して、ここは穏便にすませてくれ」

二十ペニーというのは、その日暮らしのうらぶれた一座なら結構な金かもしれないが、わたしたちには侮辱以外のなにものでもないことはご理解いただきたい。町長は、ひと晩の興行に四十ペニー払い、集会場を無料で提供し、ちゃんとした食事を出し、宿を用意すると申し出るべきだった。宿については、わたしたちは丁重にお断りしただろう。宿の床は間違いなくシラミだらけで、わたしたちの荷馬車の床はそうではなかったから。

父は、驚いたり侮辱されたと感じても、表に出さない。「荷造りを！」と肩ごしに叫んだ。

トリップは投げ上げていた石を、淡々とあちこちのポケットに入れた。冗談の途中で人形の動きが止まり、片づけられると、数十人の町民たちがいっせいにがっかりした声を出した。町長はほっとした様子になり、財布から銀のペニーを二枚取り出した。

父は、手のひらに硬貨を渡す町長に、「男爵にはあなたの寛大さを必ずお伝えいたします」と注意深く言った。

町長が動きを止めた。「男爵？」

「グレイファロウ男爵です」父は間を置き、町長の顔を見て、その名に反応を示すか様子をうかがった。「東の沼地、ハダンブラン・バイ・シーレン、及びウィデコント丘陵の主であられます」父は水平線を見渡した。「ここはまだ、ウィデコント丘陵なんですよね？」

「そうだが」と町長。「しかしセメラン領主殿の……」

「ほう、セメランの領地でしたか！」と父は声を上げ、居場所がようやくわかったというように見まわした。「細身の紳士で、さっぱりした短いあご髭《ひげ》を生やした方ですよね？」指で自分のあごをさっとなでる。町長が無関心にうなずく。「魅力的な方で、歌声の美しい。この前の冬至祭で男爵をおもてなししていたときにお会いしましたよ」

「さようですか」と町長が意味ありげに間を置いた。「ちょっと免状を拝見」

わたしは町長がそれを読むのを見守ったよ。少し時間がかかった。父は、モントローン伯爵とかテレリストン卿といった男爵の称号の大部分を伝えていなかったからね。だが結局はこういうことだ。セメラン領主がこのささやかな町とその周辺の土地全体を統治していることは確かだが、セメランはグレイファロウ直属で忠誠の義務を負っている。もっと具体的に言えば、グレイファロウが船長だ。セメランは甲板磨きで、彼に敬礼する身分というわけだ。

町長が羊皮紙をたたみなおし、父に返した。「なるほど」

それだけだった。町長が謝りもしなければ、もっと金を渡しもしなかったので驚いたね。

父もしばらく黙ってから、続けた。「この町はあなたの管轄です。しかしいずれにしてもわたくしどもは公演を行ないます。ここか、町境のすぐ外かで」

「集会場は使わせない」と町長がきっぱり言った。「また壊されちゃかなわんのでね」

「ここで演じられますよ」と父が市場の広場を指さした。「広さも充分ですし、町のみなさんが集まる場所ですから」

町長は口ごもったが、わたしは耳を疑ったよ。行った先の土地の建物が狭い場合、草地で演じることはあった。荷馬車のうちの二台は、そういう状況に備え、舞台になるような仕掛けになっていた。だが物心ついて以来十一年間、わたしの記憶では、無理やり草地で演じさせられた回数は十本の指にも足りない。町境の外で演じたことなどは一度もない。

だがそれには及ばなかった。町長はようやくうなずき、近くに寄るよう父に身振りで示した。わたしは荷馬車の陰からこっそり出て、町長の最後の言葉が聞こえるまで近づいた。「……町民は敬虔な者たちだ。粗野でも異端でもない。あなた方の前にここを通った一座は、両手に余るほどの面倒を起こしてくれてな。けんかが二件、洗濯物がなくなり、ブランストンのところの娘さんの一人が身ごもった」

わたしは激怒したよ。父が町長に鋭く言い返し、エディーマ・ルーとただの旅芸人どもの違いを説明するのを待ち受けた。わたしたちは盗んだりしない。興行会場を酔っぱらいどもが壊すほど事態を悪化させることもないんだからね。

しかし父は反論せず、うなずいただけで、荷馬車の方へ戻ってきた。合図とともにトリップがジャグリングを再開した。あやつり人形たちがまた箱から現われた。

父が荷馬車をぐるりとまわり、馬のそばに半分隠れて立っているわたしに目をとめた。

「その顔からすると、すべて聞いていたんだろう」と苦笑いする。「忘れなさい。町長さんは寛大ではないにしても、正直さでは満点だ。ほかの人たちが心にしまっておくことを、口に出しただけだよ。大きめの町で、わたしが全員を二人ひと組で行動させるのはなぜだと思う？」

そのとおりだとはわかっていたが、子どもには納得しかねた。「二十ペニーだよ」とわたしが刺すように言った。「まるで施しじゃないか」

それは、エディーマ・ルーとして育てられる上でいちばんつらいところだった。どこへ行ってもよそ者だ。みんなに浮浪者とか乞食と見なされたり、そうでなければ、泥棒、異端者、売春婦扱い。いわれのない非難を受けるのはつらいが、こちらを見下している連中が、本も読んだことがなければ、生まれた場所から三十キロ以上は離れたことがない田舎者だとなるとなおさらだ。

父は笑って、わたしの髪をくしゃっとやった。「哀れんでおやり。明日にはわたしたちは次の地をめざすが、町長さんは死ぬ日まで自分自身という不愉快な存在に耐えなくちゃならないんだから」

「何も知らないおしゃべりのくせに」とわたしは苦々しげに言った。

父はわたしの肩にしっかりと片手を置き、もう充分だとわからせた。「アトゥールに近づきすぎるとこういうことになるんだろう。明日は南へ向かう。もっと緑豊かな草地、もっと親切な人たち、もっときれいな女性たちが待つ場所へね」手のひらを丸くして耳にあてて荷馬車の方に向け、肘でわたしをそっとつつく。

「全部聞こえてますからね」と、中から母がやさしく言った。父はにこりとし、わたしに目くばせしてみせた。

「それで演《だ》し物は？」と父に尋ねた。「下品なものはだめだよ。ここの町民は敬虔な人たちなんだから」

父がわたしを見た。「おまえなら何を選ぶ？」

しばらく考えた。「ぼくなら、『ブライトフィールド集成』から選ぶよ。『道をつくる』とか」

父は顔をしかめた。「あまりいい演し物じゃないな」

わたしは肩をすくめた。「ここの人たちには違いなんてわからないよ。それにテフルだらけの話だから、だれも下品だとケチをつけられない」わたしは空を見上げた。「途中で雨が降らないといいんだけど」

父が雲を見上げた。「降るだろうな。でも、雨の中で演じるよりもいやなことはあるからね」

「雨の中で演じて、しかも不利な取引をされるっていうように？」

するとそこへ、町長が早足でやって来た。走っていたのか、額がうっすらと汗ばみ、少し息を切らしていた。「議会の者数人と話し合いましてね、なんでしたら、集会場を使っていただいてもまったくかまわないということになりました」

父の身体言語は完璧だった。気を悪くしたが、礼儀をわきまえているから何も言わないのだと明示していた。「ですがご面倒をおかけするのも……」

「いやいや。どうか気になさらずに。というかぜひお頼みします」

「ではそうしましょう、ぜひにとおっしゃるならば」

町長は微笑むと、急ぎ足で去っていった。

「少しましになったな」と父がため息をついた。「まだ切り詰めなくてもいいようだ」


「一人あたま半ペニーだよ。そう。頭がついてない人はただでどうぞ。ありがとうございます、だんな」

トリップが入口に立ち、みんなが木戸銭を払うよう目を配っていた。「一人あたま半ペニー。お連れのご婦人のバラ色に輝くほっぺたを拝見すると、だんなには一人半分請求したいとこだがね。とはいえあっしには関わりのないことで」

トリップは一座のだれより舌がまわるので、言いくるめたり脅したりして中に入ろうとする者がないようにする仕事にいちばん向いていた。道化師の緑色と灰色のまだらの服を着たトリップは、何を言っても見逃してもらえた。

「やあ、お母さん、子どもさんはただだけど、泣きわめいたらすぐに、お乳をやるなり外に連れ出すなりしとくれよ」トリップは早口で果てしなくまくしたてた。「そう、半ペニーだよ。はいはいだんなさん、空っぽの頭でも全額だよ」

どんなときでもトリップの仕事ぶりを眺めているのは楽しいが、このときわたしは、十五分ほど前に町の反対側に入ってきた荷馬車が気にかかっていたんだ。町長はその馬車の老人と口論し、すごい剣幕で立ち去っていた。そして長いこん棒を手にした背の高い男を連れて戻ってきたところだった。見たところ、城守《しろもり》らしい。

わたしは好奇心に負け、見つからないように注意しながら荷馬車に向かった。話し声が聞こえるところまで近づいたときには、町長と老人はまた言い争っていた。城守が、いら立ち心配そうな様子でそばに立っていた。

「……言っただろう。わしは免状は持っておらん。免状など必要ない。行商人は免状がいるのかね。よろず屋は免状がいるのかね」

「あんたはよろず屋じゃない。よろず屋のふりをしてもだめだ」と町長。

「なんのふりもしとらん」と老人が言い返した。「わしはよろず屋であり行商人であり、その両方を合わせた以上だ。わしは秘術士だ、この気の小さい愚か者めが」

「まさにそれが困るのだ」と町長が言い張った。「われわれここの町民は、敬虔な者たちなんだ。触らぬ方がいいような不気味なものとはいっさい関わりたくない。あんたのようなたぐいの持ちこむ面倒はごめんだ」

「わしのようなたぐい？　わしのようなたぐいのことなど、何も知らんくせに。このあたりじゃ、秘術士はたぶん五十年も来とらんはずだ」

「こちらはそれで結構。いいから、向きを変えて引き返したまえ」

「あんたの鈍い頭のために、雨の中でひと晩過ごすなどまっぴらだね」と老人がむきになって言った。「部屋を借りたり行商したりするのに、あんたの許可はいらん。あっちへ行け。さもないと、わしのたぐいというのがどんな面倒を起こすか、じかに見せてやるぞ」

町長の顔に一瞬恐怖の色が浮かんだが、それは怒りに圧倒された。肩ごしに城守を見る。「では、浮浪罪と脅迫罪で、ひと晩牢屋で過ごしてもらおう。頭に礼儀正しい言葉を入れておけるようになったら、朝には行かせてやるよ」城守が用心深くこん棒を脇に持って、荷馬車に近づいた。

老人は一歩も引かず、片手を上げた。すると荷馬車の先の両端から、深紅の光がわき出てきた。「そこまでだ」と不気味に言う。「さもないと物騒なことになるぞ」

わたしは一瞬驚いたが、その奇妙な光は荷馬車に据えつけられたひと組の共感ランプから発していることがわかった。グレイファロウ卿の書斎で見たことがある。ガス灯よりも明るくて、蠟燭やランプよりも安定していて、半永久的にもつ。加えて、とてつもなく高価だ。賭けてもいいが、それについて耳にしたり、まして見たことがある者は、この小さな町にはいるまい。

城守は、光が大きくなり始めたとき足を止めた。しかしそれ以上何も起こる気配がないと、腹をくくって荷馬車に向かって歩を進めた。

老人は不安な表情を浮かべた。「ちょっと待っとくれ」と言うと、荷馬車から発する赤い光が消えていった。「何もお互い……」

「だまれ、この老いぼれのかんしゃく持ちが」と城守は言うと、片手をかまどに突っこむようにして秘術士の片腕をひっつかんだ。そして何も起こらないと、笑いを浮かべ、さらに大胆になった。「また妖術を使おうってんなら、ぶっ叩いてやるから覚悟しろ」

「よくやった、トム」と町長が胸をなでおろした。「連れていきたまえ、荷馬車にはだれかをやるから」

城守がにたりと笑い、老人の腕をひねった。秘術士は体を折り曲げ、つらそうに短い息を一つ吐いた。

隠れている場所から、秘術士の表情が、一瞬にして不安から苦痛、そして怒りに変わるのが見えた。口が動くのが見えた。

どこからともなくすさまじい勢いの突風が吹いた。なんの前触れもなく、突然嵐になったように。突風に打ちつけられた老人の荷馬車は、傾いて二つの車輪だけで立ち、それからドンと元に戻り、四つの車輪で立った。城守は神の手で打たれたかのように、よろめいて倒れた。わたしは十メートル近く離れたところに立っていたが、風がものすごく強かったから、後ろから乱暴に押されたように一歩前に踏み出した。

「立ち去れ!」と老人が怒りをこめて叫んだ。「これ以上わしに手出しをするな! おまえたちの血に火をつけて、氷と鉄のように恐怖で満たしてやるぞ!」その言葉には聞き覚えがあったが、はっきりとわからなかった。

町長と城守は驚いた馬のように白目をむき、一目散に逃げ出した。

風が、起こったときと同じようにたちまちやんだ。突風は五秒も吹いていなかったはずだ。町民のほとんどは集会場のまわりに集まっていたので、わたし、町長、城守、引き具につながれたまま平然とひっそり立っていた老人が牽《ひ》かせている二頭のロバ以外、それを見た者はいなかったはずだ。

「この場所からおまえたちの汚らわしい存在を消し去るのだ」と、逃げる二人を見ながら秘術士がつぶやいた。「わしの名の力において、それを命ずる」

ようやく、なぜこれほどまで老人の言葉に聞き覚えがあるのかわかった。彼は『デオニカ』の除霊場面のせりふを引用していたのだ。あの芝居を知っている人はそう多くない。

老人は荷馬車に戻ると、即興でぶち上げた。「おまえを夏の日のバターのように溶かしてやる。僧侶の心を宿した詩人に変えてやる。レモン・カスタードを詰めて窓から突き落としてやる」唾を吐く。「馬鹿どもが」

いら立ちは消えたと見え、うんざりだというように大きく一つため息をついた。「まったく、さんざんだったな」と、城守にねじられた腕のつけ根をなでながらつぶやく。

「手下どもを従えて戻ってくると思うかね？」

一瞬、わたしに話しかけているのかと思ったが、それは違った。二頭のロバに話しかけていたのだ。「わしもそうは思わんよ」とロバに言う。「だが前に間違えたことがあったしな。町の端にとどまっていよう。オート麦が残っているか見てみようか」

老人は荷馬車の後ろをよじのぼって中に入り、大きなバケツを一つと、ほとんど空になった麻袋を持って出てきた。袋の中身をバケツに空けると、がっかりした様子になった。自分の分としてひとつかみ取り出してから、バケツをロバの方に足でそっと押した。「そんな目で見なさんな。割り当てが少ないんだ。おまえたちは草を食えるだろう」ひとつかみのざらりとした麦を食べながら片方のロバをなで、殻を吐き出すたびに手を止めた。

その光景を見て、とても悲しくなった。この老人はたった一人で旅をして、話す相手はロバしかいない。エディーマ・ルーだってつらいが、少なくともわたしたちには仲間がいる。この男にはだれもいない。

「わしらは文明社会からすっかり遠く離れてしまったな。わしが必要な者はわしを信用せず、わしを信用する者はわしに金を払えない」財布をのぞきこむ。「一ペニー半しか残っとらんから、やれることはかぎられとる。今夜雨に濡れようか、それとも明日腹をすかせようか。商売はしないのだから、どちらかしかないだろうな」

こっそりと建物の端をまわると、老人の荷馬車の横に記された文字が見えた。

アベンシー：驚異の秘術士

物書き　水脈探し《ダウザー》　薬剤師　歯医者
珍品　あらゆる酒類の病気手当て
遺失物探し　なんでも修理
星占いなし　媚薬なし　悪事なし

隠れていた建物の陰から踏み出したとたん、アベンシーはわたしに気づいた。「こんにちは。ご用ですかな？」

「酒類じゃなくて種類でしょ？」とわたしが指摘した。

彼は驚いたようだった。「シャレなんだ。酒もつくるんだよ」

「あ、その酒類ね」とわたしはうなずいた。「なるほど」ポケットから片手を出す。「一ペニーで何か売ってもらえますか？」

老人はおもしろがり、同時に好奇心が頭をもたげたようだった。「何をお探しで？」

「ラシリウムがほしいんだけど」先月わたしたちは『美しきファリエン』を十数回上演したので、わたしの幼い心は陰謀と暗殺でいっぱいになってしまっていた。

「だれかに毒を盛られるかもしれないのかね」と、老人がいささかびっくりしたように言った。

「そういうわけじゃないけど。でも、解毒剤が入り用になったときには、もう手に入れようにも遅すぎるんじゃないかと思ったから」

「一ペニー分お売りできると思いますよ。坊ちゃんくらいの体の大きさだったら、一人一回分。だが、危険な薬でもあるからね。特定の毒にしか効かない。間違ったときに飲めば苦しむよ」

「へえ、知らなかったよ。劇では、必ず効く万能薬という触れこみだったから」

アベンシーは唇を軽く叩きながら考えこんだ。「ちなみに質問に答えてくれるかね」

わたしがうなずく。「あれはだれの一座なんだい?」

「ある意味ではぼくの一座だよ。でも別の意味では父の一座。父が取り仕切って、荷馬車が進むべき方向を指示するんだ。だけどグレイファロウ男爵の一座でもあるんだ、男爵は後援者だから。ぼくたちは、グレイファロウ卿に仕える者たちなんだよ」

老人は愉快そうにわたしを見た。「あんた方のことは聞いてるよ。いい一座。いい評判だ」

わたしは心にもなく謙遜するのは意味がないと思って、うなずいた。

「お父さんは、人を雇いたがったりすると思うかね」と老人が訊いた。「わしは俳優とは言えんが、置いてもらえれば何かと役に立つんだが。鉛や水銀やヒ素だらけじゃないおしろいや紅をつくってやれる。照明もできる。パッとついて、混じり気のない明るい光。お望みならば、いろんな色にもできる」

考えるまでもなかった。蠟燭は高価ですきま風に弱く、松明《たいまつ》は汚くて危険だ。また、化粧品の危険性は、一座のだれもが年若いうちに教わった。二日おきに自分に毒を塗り、二十五歳になるまでには完全に気が狂っていたら、老練の役者になることはむずかしいからね。「いささか僭越《せんえつ》ではあるけど」とわたしは握手しようと片手を出した。「まずはぼくが、あなたを一座にお迎えするよ」


これがわたしの人生と行ないの完全で正直な記録になるのであれば、わたしがベンを一座に招いたのは、他人のためだけを考えてのことではなかったと言っておくべきだろう。確かに、質のよい化粧品と汚れのない照明は一座にはありがたかった。それに、老人がたった一人で旅をしていることが気の毒だったのも事実だ。

しかし実のところは、好奇心に突き動かされたのだった。わたしはアベンシーが、不可思議ですばらしい、わたしには説明できないことをするのを見た。共感ランプを使ったトリックのことではない。それについては、無知な町民をうならせる、芝居っ気《け》たっぷりのこけおどしなのはわかった。

そのあとで彼がやったことは別物だった。風を呼ぶと、風が吹いた。それは魔法だった。本物の魔法。勇者タボーリンの物語に出てくる魔法。六歳のとき以来信じなくなっていた魔法。もう、何を信じていいのかわからなくなった。

それで、問いの答えが見つかることを願い、彼を一座に招いたんだよ。そのときは知らなかったが、わたしは風の名前を探していたんだ。

第九章　ベンと荷馬車に乗って

アベンシーはわたしが最初に出会った秘術士で、少年にとっては、めずらしくて、わくわくする人物だったな。彼はあらゆる学問に精通していた。植物学、天文学、心理学、解剖学、錬金術、地質学、化学……。

恰幅《かっぷく》がよく、きらきら光る目がいつもきょろきょろしているんだ。濃い灰色の髪の毛が後頭部に細長くぐるりと残っているが、（彼の容姿についていちばん印象に残っていることとして）眉毛はない。というより、あるにはあったが、錬金術の実践中に焼けてしまって、いつも生え戻りかけた状態にあるというべきか。だから、いつも驚きかつ当惑したような表情に見えた。

穏やかに話し、よく笑い、他人をだしに自分の頭のよさをひけらかしたりはしない。片足を折った酔っぱらいの船乗りみたいに悪態をついたが、その相手はロバだけ。名前はアルファとベータで、アベンシーはだれも見ていないと思ったすきに、ニンジンや砂糖のかたまりを与える。化学には特に熱を上げており、父は彼ほどに蒸留器の扱いがうまい人を知らないと言っていた。

アベンシーが一座に加わった翌日には、もう彼の荷馬車に入り浸るようになっていたよ。わたしが質問をし、彼が答える。それから彼が歌を所望し、わたしは父の荷馬車から借りたリュートで曲をつま弾く。

ときどきアベンシーが歌うことさえあった。はつらつとして鷹揚《おうよう》なテノールはいつも調子っぱずれで、間違ったところで音を探した。そういう場合はたいてい、歌うのをやめて笑った。善良な男で、思い上がったところがなかった。

アベンシーが一座に加わってまもなく、秘術士とはどんなものか尋ねてみた。

アベンシーは考えこんだ表情でわたしを見た。「秘術士に会ったことはあるかね」

「道中でお金を払って割れた車軸をなおしてもらったことがあるよ」わたしはちょっと考えた。「その人は、魚を運ぶ隊商と内陸に向かってた」

アベンシーは振り払うような仕草をした。「違う違う。わしが言ってるのは秘術士のことだよ。生肉が腐らないように隊商街道をうろついとるような、哀れな冷却術士のことじゃない」

「どこが違うの？」そういう質問を返すものと相手が思っていると感じ取り、そう訊いた。

「うむ。ちょっと説明がいるな……」

「時間ならいくらでもあるから」

アベンシーが値踏みするような顔つきでわたしを見た。待ってました。その顔つきは、「おまえは見た目ほど言うことが幼くない」と言っていたからだ。それを早めにわかってくれるといいなと思っていたところだったんだ。子ども扱いされて話しかけられるとうんざりするからね。本当に子どもではあっても。

アベンシーは深く息を吸った。「一つ二つ手品を知ってるくらいじゃ、秘術士だとは言えない。整骨するとか、古ヴィント語を読むとかはできるかもしれない。ちょっとした共感術も知っとるかもしれん。だが……」

「共感術？」わたしは、なるべく失礼にならないように口を挟んだ。

「魔術と呼ぶ人もいるだろう」とアベンシーは気が進まない様子で言った。「けれど本当は違う」肩をすくめる。「ただし共感術を知っていても、秘術士だというわけではない。真の秘術士とは、大学の秘術校を修了した者だ」

秘術校と言うのを聞いて、新たに二十以上の質問が降って湧いた。さほど多くないと思うかもしれないが、行く先々にわたしが抱えていった五十もの質問にそれらを加えれば、もう破裂しそうだったんだ。だから口を閉じて、アベンシーが話を続けるのを待つには、すさまじい努力が必要だったよ。

が、アベンシーは、こっちの反応に気がついた。「ほう、秘術校について聞いたことがあるのだね?」愉快な様子をする。「じゃあ何を聞いたね」

ちょっと促されただけで、きっかけとしては充分すぎた。「テンパー・グレンにいた男の子から聞いたんだ。腕を切られても、大学でなら縫いつけて元に戻してもらえるって。本当なの? 勇者タボーリンは、大学であらゆるものの名前を学んだとも言うよ。そこには本を千冊おさめた図書館があるって。本当にそんなにたくさんあるの?」

アベンシーは最後の質問には答えた。ほかの質問はわたしが息もつかずにまくしたてたので、答えるひまがなかったんだ。「千冊以上だよ。一万冊の十倍。それ以上だ。読み尽くせないほどの数だよ」どことなく懐かしむような声になる。

読みきれないほどの本? それは怪しいと思った。

ベンが続けた。「隊商にくっついて移動している者たちは――食べ物が腐らないようにする施術士、水脈探し《ダウザー》、占い師、ヒキガエル食いとかだ――すべての旅芸人がエディーマ・ルーではないように、本物の秘術士ではないのだよ。少しくらいなら、錬金術、共感術、医術を知っているかもしれない」首を振る。「しかし、間違っても秘術士ではない。

多くの者たちが秘術士のふりをする。長い衣をまとい、それらしい雰囲気をつくって、無知な者とだまされやすい者につけこむ。だが、本物の秘術士を見分ける方法があるのだ」

アベンシーは細い鎖を首からはずして手渡した。秘術校のギルダーを見たのは、そのときが初めてだったよ。そんなにすごいものには見えなかったね。なじみのない文字が刻印された、ただの平たい鉛だ。

「それは本物の**ギルス**だよ。ギルダーとも言う」とアベンシーが満足げに説明した。「秘術士とそうでない人を確実に見分けるには、これしかない。わしをこの一座に加える前に、あんたのお父さんに見せろと言われたよ。お父さんは世事に通じた人だとわかった」巧妙に無関心を装って、わたしを見ている。「いやな感じがするだろう？」

わたしは歯を食いしばってうなずいた。触れたとたんに、たちまち手がしびれたんだ。表と裏の模様を調べたいと思ったが、息を二つするまもなく、ひと晩腕を下にして寝たように肩までしびれた。長く握っていたら全身がしびれてしまいそうだった。

それを確かめずにすんだ。荷馬車がでこぼこにぶつかって、アベンシーのギルダーがしびれた手から荷馬車の踏み板に落ちそうになったからだ。アベンシーはそれをすばやくつかみ、クスクス笑いながら首にかけて戻した。

「よくがまんできるね」と、わたしは少しでも感覚を取り戻そうと手をこすりながら訊いた。

「ほかの人にしかあんな感じはしないんだ。持ち主にはあったかいと感じられるだけなんだよ。それで、秘術士と、水を見つけるとか天気を当てるコツを知ってるだけの人との違いがわかる」

「トリップはそういう技を知ってるよ。七を出すんだ」

「それはちょっと違うよ」とアベンシーが笑った。「コツのように説明できないものじゃない」座席の奥に少し沈んで前かがみになる。「たぶんそのほうがいいんだ。二百年ほど前なら、そんなコツを持っていることが知られると、死んだも同然だった。テフル教徒たちはそれを魔物のしるしと呼び、それを身につけている者を焼き殺した」アベンシーは落ちこんできたようだった。

「ぼくらも何度か、トリップを牢屋から脱獄させたよ」とわたしは言って、会話の雰囲気を明るくしようとした。「でも焼き殺そうとした人はいないよ」

アベンシーは疲れたように微笑んだ。「トリップは、巧妙なさいころ二つか、同じように巧妙な技術を持っていて、たぶんカードでもそれができるんじゃないかな。カモられる前に警告してくれて感謝するが、コッというのはまったく別のものだよ」

わたしは見下されるのががまんできない。「トリップは死んでもインチキなんかしないよ」意図したよりもちょっと鋭い口調になった。「それにこの一座ならだれだって、いいさいころと細工したさいころの区別はつく。トリップは七を投げるんだ。だれのさいころを使おうと、七を出すんだ。トリップが賭けた人たちは七を出す。トリップなら、さいころが置いてあるテーブルに体をぶつけただけでも七を出すよ」

「ふうむ」とアベンシーがうなずく。「それは失敬。確かにコッのようだな。見てみたい」

わたしがうなずく。「自分のさいころで試してみればいいよ。トリップにはもう長いことやらせてないんだ」ちらりと思った。「もうできなくなってるかも」

アベンシーが肩をすくめた。「コッというのはそう簡単に消えるものじゃない。わしはスタウプで育ったんだが、コッを持った若者がいたよ。植物が相手だと、並はずれたことができた」アベンシーがわたしには見えないものに目をやったとき、その笑みは消えていた。「彼のトマトは、ほかの人たちのトマトのつるがまだ伸びようとしているうちに、赤く熟したものだった。カボチャはだれが作ったものより大きくて甘かったし、ブドウは瓶に詰めなくたってワインになった」言葉が次第に消えてゆき、遠い目になる。

「その人、焼き殺されたの？」わたしは、子ども特有の病的なまでの好奇心にかられて尋ねた。

「え？　いや、まさか。わしはそこまで年寄りじゃないぞ」厳粛なふりをして顔をしかめてみせる。「日照りがあって、若者は町から追い出された。気の毒に、母親は悲しみに暮れたよ」

一瞬、沈黙が流れた。二台の荷馬車が前を走り、テレンとシャンディが『豚飼いとナイチンゲール』のせりふを稽古しているのが聞こえた。

アベンシーも、なにげなく聞いているようだった。テレンが庭の場面でのファインの独白の半分あたりでつかえたところで、わたしはまた彼を見た。「大学では演技を教えるの？」

アベンシーは首を振ったが、その質問を少しだけ愉快がっているようだった。「いろいろ教えるが、それはない」

アベンシーに顔を向けると、目を躍らせてわたしを見ていた。

「そのいろいろを教えてくれない？」と頼んでみた。

アベンシーは微笑んだ。簡単に聞き入れられた。

アベンシーはまず、各種学問のあらましを教えてくれた。彼がもっとも熱を入れているのは化学だったが、総合的な教育を重視していたんだ。わたしは、六分儀、コンパス、計算尺、そろばんの使い方を学んだ。さらには、それらを使わずにすますことができるようになった。

一旬間も経たないうちに、アベンシーが荷馬車に積んでいる薬品はすべてわかるようになったよ。二カ月で、強すぎて飲めないほどになるまで酒を蒸留し、傷に包帯をあて、整骨し、症状から多くの病気を診断できるようになった。四種類の媚薬、三種類の避妊のための調合薬、九種類の不能治療薬、「乙女の助っ人」と呼ばれる二種類のほれ薬を調合する方法を覚えた。ほれ薬の目的について、アベンシーはかなりあいまいなことを言っていたが、かなりのところまで見当はついたね。

また、十数種類の毒と酸、百種類の治療薬と万能薬の製法を学び、そのいくつかは本当に効いた。実践には至らないにしろ、理論では薬草に関する知識は倍増した。アベンシーはわたしを赤《レッド》と呼び、わたしは彼をベンと呼ぶようになった。最初は仕返しに、やがて友情の証《あかし》として。

長い時が経った今になってようやく、ベンがどれほど慎重に大学への備えを整えてくれていたのかがわかる。そのやり方は実にさりげなかった。一日に一、二回、通常の講義に混ぜて、次の講義に移る前に熟達しておいた方がよいちょっとした頭の訓練をやった。盤を使わずにティラーニをやらせ、頭の中で石の動きを追わせた。また、会話の途中で話をやめ、それまでの数分間に言ったことをすべて、一語一語繰り返させた。

これは、舞台稽古用の単純な暗記とは次元が違った。頭は今までとは違う働きを学び、強靭になっていった。それは、一日じゅう木を割ったり、泳いだり、性交したりしたあとで肉体が覚える感覚に近かった。疲れきり、けだるく、神々《こうごう》しい気分になる。この感じも似ていた。ただし、疲労し拡張し、萎え、潜在的に力がみなぎっているのは知性だったが。心が目を覚ますのを感じた。

砂の堤防を水が押し流し出すときのように、進むにつれて勢いがついているように思えた。等比級数というものをご存じかどうかはわからないが、あの加速度的な状態を言い表わすにはそれがいちばんだ。こういったことを通して、ベンは頭脳の訓練をわたしに授け続けた。もっとも当時は、それがまったくの悪意から出てきたものだとほとんど確信していたんだがね。

第十章　アラールと数個の石

　ベンは、自分のこぶしよりもわずかに大きい、汚れた自然石を一つ掲げた。「この石を放したらどうなると思う？」

　わたしは少し考えた。授業中に出される単純な問題は、たいがい裏があるもんだ。とうとう、わかりきった答えを言った。「たぶん落ちます」

　ベンは眉を吊り上げた。わたしの相手でここ数ヵ月忙しかったから、あやまって眉毛を焼いてしまう暇がなかったのだ。「たぶん？　学者みたいな言い方だな。これまでは必ず落ちていただろう？」

　わたしは舌を出してみせた。「おっかない顔してもだめだよ。これまでそうだからといって、今後もそうだと思うのは間違いだ。自分で教えてくれたじゃないか」

　ベンはにっと笑った。「よろしい。落ちると信じている、ということでいいのだな？」

「結構」

「放したら上がると信じなさい」いちだんと大きくにやりとする。

やってみた。頭の体操をしているようだった。しばらくしてうなずいた。「いいよ」

「どれくらい信じられる?」

「あんまり」と認めた。

「この石は漂っていくものと信じなさい。山を動かし木を揺らす信念で、そう信じるのだ」口をつぐむ。やり方を変えようとしているらしい。「神を信じるか?」

「テフル? 一応は」

「それでは不足だ。両親を信じるか?」

わたしはちょっと微笑んでみせた。「ときどきはね。今は見えないけど」

ベンは鼻を鳴らすと、アルファとベータが怠けるときに叩く棒を鉤からはずした。

「これを信じるか、エリール?」ベンがわたしをエリールと呼ぶのは、わたしがとりわけ強情だと思ったときだけだ。点検できるよう、棒を差し出す。

ベンの瞳が意地悪くぎらついた。わたしは危険をおかさないことにした。「はい」

「よろしい」ベンが荷馬車の脇を棒で叩くと、ピシッという音がした。アルファはその音が自分に向けられたものかどうかわからず、片方の耳をそらした。「ほしいのはそういう信念だ。それはアラールと呼ばれる。乗馬鞭の信念。この石を落としたら、鳥のように自由に漂っていくと信じろ」

　ベンは打ち棒を少しだけ振りまわした。「それとケチな哲学は願い下げだ。さもないと、そのお遊びを気に入ったことを後悔させてやる」

　わたしはうなずいた。身につけた小技の一つで頭をすっきりさせ、信じようと奮闘した。汗が出てきた。

　十分ほども経ったとき、またうなずいた。

　ベンが石を放した。落下した。

　わたしは頭痛に襲われた。

　ベンが石を拾い上げた。「浮かんだと信じるかね？」

「信じないよ！」こめかみをなでながらわたしはふくれた。

「よろしい。浮かばなかった。存在しないものを見たと自分をごまかしてはならない。微妙な違いではあるがね。共感術は意志の弱い者が行なえる術ではない」

　また石を差し出す。「浮かぶと信じるかね？」

「浮かばなかったよ！」

「かまわない。もう一度やってみなさい」石を振る。「アラールは共感術に不可欠なものだ。自分の意志を世の中に押しつけるのであれば、自分が信じることをあやつらなければならん」

何度もやってみた。これほどむずかしいことはやったことがない。午後いっぱいかかった。

とうとう、ベンが石を落としても、反証にもかかわらず落ちないという確信を持ち続けることができた。

石がドンとぶつかる音が聞こえ、ベンを見た。「できました」とわたしはかなり満足し、落ち着いて言った。

ベンは、おまえの言うことが信じられるわけではないがそれを認めたくないというように、目の端でわたしを見た。一本の指の爪でぼんやりと石を引っかいていたが、肩をすくめ、また石を掲げた。

「わしが手を放したら、石は落下し、かつ石は落下しないと信じなさい」そしてにたりと笑った。

その夜は、遅く床についた。鼻血を出しつつ、満ち足りた笑みを浮かべていた。頭に

別々の二つの信念を抱え、その二つの歌声の不協和音に寝かせつけられるにまかせた。

まったく違った事柄を同時に考えられるのは、すばらしく効率がよいだけでなく、自分自身と合唱できる状態とかなり似ていた。それはわたしのお気に入りの遊びとなった。二日間練習したのち、三重唱も歌えるようになった。ほどなく、頭の中でカードを手のひらに隠したり、ナイフのジャグリングをするに等しい曲芸ができるようになっていた。

アラールほど重要ではないとはいえ、ほかにもたくさんのことを教わった。「石心《せきしん》」というのを教わったよ。これは、感情や先入観を除外し、自分が望むことを明確に考えるという頭の訓練だ。「石心」を究《きわ》めた者は、自分の姉妹の葬儀に参列しても涙一つこぼさないとベンは言った。

「探石《たんせき》」という遊びも教えてくれた。この遊びは要するに、頭の一部に想像上の石を一つ想像上の部屋に隠させてから、頭の別の部分にその石を見つけさせるんだ。

実用的には、これは頭をあやつるための有益な練習だ。ちゃんと「探石」ができる人は、共感術に必要なたぐいの堅牢なアラールを養っていることになる。

だが、二つのことを同時に考えられるのが非常に便利である一方、そこにたどりつくのに必要な訓練はよくてもいら立たしく、たいていはかなり頭にくるものだ。

あるときなど、一時間近く石を探してから、しぶしぶ自分のもう半分に隠し場所を尋ねてみると、そもそも石が隠されていなかったとわかったこともある。自分があきらめるまでどれだけ長く探すか知りたくて待っていただけだったのだ。自分に対していや気を覚えると同時に愉快だと思ったことがあるだろうか？　興味深い感覚であるのは間違いない。

また別のときは手がかりを与えてくれと頼み、自分で自分を笑ってしまったこともある。世に存在する多くの秘術士たちが、少し変わり者だったり、ときにまるっきりイカレているのも無理はない。ベンが言ったように、共感術は心の弱い者が行なえる術ではないからね。

第十一章　鉄を縛る

アベンシーの荷馬車の後ろに座っていたんだ。わたしにとってはすばらしい場所で、百もの瓶や包みが常備され、千もの匂いが充満していた。よろず屋の荷車よりも楽しいと幼心《おさなごころ》に思っていたが、その日は違った。

前日は大雨で、道は沼地のようになっていた。一座には興行の予定がなかったから、道が乾くまで、一日か二日待つことにした。これはよくあることで、ベンにとってはわたしへの授業を続けるのに打ってつけの機会となった。そこでわたしはベンの荷馬車の後ろに置かれた木の作業台のところに座り、とっくに知っていることについて講義を受け、時間を無駄にしていることにいらいらしていた。

アベンシーがため息をついてわたしのそばに座ったから、どう思っているかお見通しだったのだろう。「期待とはかなり違うか、え?」

その口調で、授業が一時中断したことがわかり、少しほっとした。アベンシーはテーブルに転がっていたドラブ鉄貨をひと握りつかみ上げると、考え深げに手の中で触れ合わせて鳴らした。

わたしを見る。「全部一度にジャグリングする技を身につけたかい？　一度に玉五つを？　刃物も？」

わたしは思い出して少し赤面した。初めトリップは、三つの玉すらやらせてくれなかった。二つでやらせた。それでも二、三回落としてしまった。そのことをベンに言った。

「そうか。このトリックを身につけたら、次のを教えよう」立ち上がって授業に戻るものと思ったが、そうしなかった。

手に握ったドラブ鉄貨を差し出す。「これについて何を知っているね」手の中でカチカチいわせる。

「どういう意味で？　物理的、化学的、歴史的……」

「歴史的に」とにやりとする。「歴史の把握ぶりでわしを驚かせてみろ、エリール」エリールの意味を一度尋ねたことがある。「賢い者」という意味だと言っていたが、そう言うとき彼の口がねじれたので、疑わしく思った。

「はるか昔、人々が……」

「どれくらい昔だ？」

わたしは真剣に考えるふりをして眉をひそめてみせた。「およそ二千年前。シャルダ山脈のふもとの丘陵地帯を放浪していた人たちが、族長のもとに集められたんだ」

「名は？」

「ヘルドレッド。息子はヘルディィムとヘルダー。一族全員の名前を言おうか、それとも要点に移ろうか？」ベンをにらみつける。

「これは失礼いたしました」ベンは座席で体をピンと立て、真剣に集中しますというふうを装ったので、二人とも笑みがこぼれた。

続けた。「やがてヘルドレッドはシャルダの丘陵地帯を支配するようになった。つまり、山脈そのものを支配するということ。穀物を植えるようになり、放浪生活を棄てた彼らは、次第に……」

「要点にかかってくれるかな？」わたしの目の前でテーブルにドラブを放る。

わたしはできるだけ無視した。「彼らは、遠く離れたところにある、豊富なそして簡単に手に入るただ一つの金属の出所《でどころ》を支配し、まもなくその金属を扱える腕のいい職人ともなった。そしてこの利点を活用して、巨大な富と力を得たんだ。

それまでは、物々交換がもっとも一般的な取引方法だった。大きな都市では自分たちの通貨を鋳造するところもあったけれど、そういった都市の外では、金属の重さがお金の代わりだった。金属は物々交換には歓迎された。でも金属の棒のままだと運ぶのに不便だった」

ベンは、退屈した生徒の顔を作ってみせた。二日ほど前にまた眉毛を焼いてしまっていたが、それでもその表情はほとんど効果を失っていなかった。「信用通貨制度の長所談義は堪忍してくれよ」

わたしは深く息を吸い、授業の最中にベンをあまり困らせないようにしようと決めた。「初めて標準通貨制を確立したのは、もはや放浪の民ではなくなった、今ではセアルド人と呼ばれる人たちだった。短い棒を五つに切り分ければ、五ドラブできる」具体的に示そうと、ドラブを一列に五つつないで二列に並べた。小さな鋳塊に似たものができた。「十ドラブはジョット銅貨一枚と等しい。十ジョットは……」

「よろしい」といきなりベンが言ったので、驚いた。「ならばこの二枚のドラブは」と、わたしに見えるように掲げてみせる。「もとは同じ棒だったかもしれない、そうだな？」

「いや、たぶん別々に鋳造されたものだと……」にらみつけられ、言葉を濁した。「そうです」

「では、まだ二つを結びつけるものがある、そうだな？」またにらみつけられた。

同意したわけではないが、余計な口を挟まない方がいいことはわかっていた。「そうです」

ベンが二枚ともテーブルに置いた。「では、一方を動かせばもう一方も動く、そうだな？」

わたしが議論する目的で同意し、一方を動かそうと手を伸ばすと、ベンがその手を止めて首を振った。「まずこいつらにそれを言い聞かせないと。いやそれどころか、納得させねばならん」

ベンは器を取り出し、その中にゆっくりと松やにを一滴垂らし、そこにドラブを一枚浸け、もう一枚をそれにくっつけ、わたしにはわからない言葉をいくつか口にし、ゆっくり引き離すと、松やにの糸が二枚のあいだで伸びた。

一枚をテーブルの上に置き、もう一枚は手の中に入れたままにした。それからまた何かつぶやき、緊張を解いた。

片手を上げると、テーブルの上のドラブが動きをまねた。手を踊らせると、茶色い鉄片が空中で上下した。

わたしから硬貨に目を移す。「共感術の法則は、魔術のもっとも基本的な要素の一つだ。それによれば、二つの物体が似ているほど、共感的なつながりは強い。つながりが強いほど、互いに影響を与えやすい」

「その定義は循環論法だよ」

ベンが硬貨を置いた。布で両手から松やにをぬぐおうとしてうまくいかず、講師の顔が笑い顔になった。しばし考える。「まるで役立たずに思えるか」

わたしはおずおずとうなずいた。授業では引っかけの質問がよくあったから。

「こんなことより、風の呼び方を学びたいのかね」目を躍らせるようにわたしを見る。

ベンがひとことつぶやくと、荷馬車の幌《ほろ》がざわざわと音を立てた。

自分の顔に貪欲な笑いが貼りつくのがわかった。

「残念だな、エリール」ベンの笑いも貪欲で、しかも残忍だった。「文字を覚えなくては書けない。弦で指使いを覚えなくては、弾いて歌うことはできない」

ベンは紙を一枚取り出すと、そこに言葉を二つ三つ書きつけた。「秘訣は、アラールをしっかりと心に保つことだ。二つはつながっていると信じるのだ。つながっていると知るのだ」わたしに紙を手渡す。「これが発音だ。〝平行動作の共感縛《きょうかんばく》〟と呼ばれる。練習しろ」ベンはますますどう猛に見えた。年老いて白髪まじりで、眉毛がなくて。

ベンは手を洗いに行った。わたしは石心を使って、雑念を払った。ほどなく、平穏な海の上を漂っていた。二枚の金属を松やにでくっつけた。心の中で、アラール、つまり乗馬鞭の信念で、二枚のドラブはつながっていると信じた。言葉を発し、硬貨を引き離し、最後のひとことを言って、待った。

力もみなぎらない。熱気も冷気もほとばしらない。閃光にも打たれない。

がっかりしたね。少なくとも石心状態でがっかりできる程度には。手の中の硬貨を持ち上げると、テーブルの上の硬貨も同じようにひとりでに持ち上がった。確かに魔法ではあった。でもわたしはしらけたんだ。わたしが期待していたのは……何を期待していたのかわからないが、これは違う。

その日はずっと、アベンシーに教わった簡単な共感縛の実験に費やした。ほとんどのものを結合させられることがわかった。ドラブ鉄貨とタラント銀貨、石と果物、れんが二個、土のかたまりとロバ。松やには必要ないとわかるのに、二時間ほどかかった。ベンに尋ねると、松やには気持ちを集中させるために使っただけだと認めた。教わらずに自分でそれを突き止めたので、彼は驚いたと思うな。

手短に「共感」というものを説明しよう。これがどういうふうに働くのかおよそのところを理解する程度で、あなた方には事足りるだろうから。

まず、エネルギーは創ったり破壊したりできない。ドラブを一枚持ち上げてもう一枚がテーブルから上昇すると、手の中のドラブには両方持ち上げているに等しい重さを感じる。実際に、両方持ち上げているからだ。

理論上はそうだ。実際には、ドラブ三枚を持ち上げているように感じる。完璧な共感リンクはありえない。双方の類似点が少ないほど、エネルギーは失われる。水の漏れる導水管が水車につながっていると思ってほしい。よい共感リンクだと水はほとんど漏れず、エネルギーはほとんどすべて伝わる。悪いリンクは穴だらけで、注ぐ力のほんの少ししか狙いどおりにならない。

たとえば、水が入ったガラス瓶とチョークを結合させようとしたんだ。この二つには類似点がほとんどないので、水が入った瓶が重さ一キロでも、チョークを持ち上げようとすると、三十キロもあるように感じた。もっとも効率よく結合したのは、半分に折った木の枝だった。

このちょっとした共感術を理解したのち、ベンはほかの共感術も教えてくれた。無数の共感縛。力を振り向ける、何百もの小技。そのそれぞれが、わたしが話し始めたばかりの壮大な語彙の中における違った単語に相当していた。退屈なことも多かったから、いちいち話す気もないよ。

その後も歴史、算術、化学といったほかの分野について、生かじり程度の授業は続いた。でもわたしは共感術に関するものにはなんにでも飛びついた。ベンは秘密を小出しにし、今教えたことを修得したのを確かめてから次に移った。だがわたしは生まれつき呑みこみが早い上に、ツボを心得ていたらしく、長く待たされることはなかった。

そうは言っても、常に順調だったわけではない。わたしを熱心な生徒にしているその好奇心のために、しばしばまずいことになった。

ある晩、料理用の火を熾しながら、前の日に耳にした歌を口ずさんでいるのを母に聞かれた。母が背後にいるとは知らずに、薪と薪を打ちつけながらぼんやりと歌っていた。

「ラックレス夫人は七つのものをお持ちだよ
ブラックドレスの下にお持ちだよ
一つは環《わ》だが指にはめない
一つは言葉だが鋭くも罵声《ばせい》じゃない
だんなの蠟燭のすぐそばに
取っ手のない扉があって
ふたも鍵もない小箱の中に

入れているのはだんなの小石
隠している秘密がおありだそうな
眠らないのに夢を見て
旅じゃないのに道の上
自分の謎を解いてもらいたいとさ」

幼い少女が石けり遊びをしながら歌っていた。二度聞いただけだが、頭から離れなかった。ほとんどの童歌のように覚えやすかったからね。

母はわたしが歌うのを聞きつけて、火のそばに来た。「坊や、今なんて言ってたの?」母の口調は怒ってはいなかったが、うれしそうでもなかった。

「ファロウズで聞いた歌だよ」とはぐらかした。興行する土地の子どもたちと親しくすることは許されなかった。父は一座に新しい座員が加わるたびに言っていた——不信はすぐに嫌悪に変わる、だから町では単独行動をせず、礼儀正しくしなさい。重たい枝を数本くべると、炎がそれをなめた。

母はしばらく黙っていた。そしてそのまま見逃してもらえると期待し始めたとき、口を開いたんだ。「あまりいい歌じゃないわね。どういう意味か、よく考えてみた?」

実は考えていなかった。ただのナンセンスな歌詞に思えた。だが頭の中で反芻《はんすう》してみると、かなりあからさまに性的なことがほのめかされているのがわかった。「わかったよ。これまで考えたことなかったから」

母の表情が少しやさしくなり、腰を落としてわたしの髪をなでた。「自分が何を歌っているのか、いつも考えなくちゃだめよ」

難局は切り抜けたようだったが、訊かずにはいられなかった。「『これほど待ったのに』とどう違うの？　ファインがペリアル夫人に彼女の帽子のことを尋ねるところがあるでしょう？　〝何人もの殿方からお帽子のことをうかがったので、わたしも拝見してはまり具合を試してみたい〟って。なんのことを言ってるのかははっきりしてるよね」

母が口元を引き締めるのを見ていた。怒ってはいないが喜んでもいない。すると表情がどこか変化した。「どう違うか、自分で考えてごらんなさい」

引っかけの質問は大きらいだ。違いはわかりきっていた——片方はわたしがまずいことになり、もう一つはそうはならない。ちゃんと考えたということを示すために少し間を置いてから、首を振った。

母は火の前に軽く膝をつき、手をあたためた。「違いは……鉄輪《かなわ》を取ってきてちょうだい」母にそっと押され、荷馬車の後ろからそれを取ってこようと大急ぎで駆け出そうとすると、母が続けた。「違いは、その人に直接何か言うのか、その人について何か言うのかってことよ。一つ目は失礼なこともあるくらいの話だけれど、二つ目は必ず陰口でしかないわ」

鉄輪を持って戻り、炉に据えるのを手伝った。「それに、ペリアル夫人は架空の人物だけれど、ラックレス夫人は実在の人物で、本当に傷つくかもしれないでしょ」わたしを見上げる。

「知らなかったんだよ」とわたしは後ろめたい思いで言った。

たぶんかなり哀れっぽい演技ができたんだろうね。母はわたしを抱き寄せて接吻したから。「しょげなくてもいいのよ、坊や。でも自分が何をしているかよく考えるようにしなさいね」片手でわたしの頭をなで、太陽のように微笑んだ。「今晩鍋に入れるイラクサの若芽を見つけてくれたら、ラックレス夫人にもわたしにも埋め合わせできると思うわ」

小言を逃れ、道端の木立でしばらく遊ぶためなら、どんな口実でもよかった。母が言葉を発する前に、わたしはそこから離れた。

ベンと過ごした時間のほとんどはわたしの自由時間だったこともはっきりさせておこう。わたしにはいつもどおり一座で仕事が割り当てられていた。必要なときには小姓の役を演じた。景色を描き、衣装を縫った。夜に馬にブラシをかけ、舞台の上で雷が必要なときには、裏でブリキの板を鳴らしたものだ。

だが、自由時間がなくなっても嘆かなかったよ。子どもに特有の尽きない活力とわたし自身の飽くなき知識欲のおかげで、続く一年間は記憶するかぎりもっとも幸福な年の一つとなったな。

第十二章　パズルのピースがはまる

夏の終わり近く、うっかり立ち聞きした会話のために、わたしは何も知らない至福の状態から揺すり起こされてしまった。子ども時代には、めったに将来のことなど考えない。無知のおかげで、大人にはありえないくらい自由に楽しめる。将来を案じるようになれば、幼年期は終わりだ。

それは夜のことで、一座は道端に野営していた。アベンシーから、練習するようにと新しい共感術を教えられた。「連続運動に変わる可変熱の原理」とかいう大げさな呼び名のものだったな。

慎重を要したが、パズルのピースがはまるようにぴったりおさまった。十五分ほどでやったが、アベンシーの口調では、少なくとも三、四時間はかかると思っていたようだ。

それで、アベンシーを探しにいった。次の授業を受けるためと、少しばかり自慢してみせるためにね。

彼を探して両親の荷馬車に向かった。三人の姿が見える前から、声が聞こえた。その音はつぶやきにすぎず、言葉がはっきりと聞こえないときに遠くで会話が奏でる音楽のようだった。しかし近づくにつれ、ある言葉がはっきりと聞こえた――チャンドリアン。

それを聞いて、足が止まった。一座のだれもが、父がある曲を作っているのを知っていた。父はここ一年以上、興行する先々で、町の人々から昔話や詩を聞き出してきた。

まずランレに関する物語を何カ月も集めた。続いて、昔のおとぎ話や、おばけや修羅の言い伝えも集め出し、それからチャンドリアンのことを尋ね始めて……。

それが何カ月も前のこと。ここ半年はチャンドリアンのことを尋ねることが多くなり、ランレやライラその他に関する話の収集は減った。父は一季で曲を書き終える場合がほとんどだったが、これは二年目にかかろうとしていた。

また、父は演奏する準備が整うまでは、歌詞もちょっとした旋律も絶対に口にしなかった。それを知っているのは、父の曲作りに必ず手を貸す母だけだった。巧みに曲を作るのは父、最高の言葉を紡ぐのは母だった。

完成した歌を聞くまで数旬間もしくは数カ月待っていると、期待がふくらむ。しかし一年も待たされれば、わくわくする気持ちはいら立ちに変わる。その時点では一年半経っており、みんな聴きたくていても立ってもいられなくなっていた。そのため両親の作業中に荷馬車にいささか近づきすぎたところを見つかると、きつくしかられることもたまにあったほど。

だからわたしは忍び足で両親の焚き火に近づいた。立ち聞きはけしからぬことだが、その後もっとひどい悪癖《あくへき》も身につけてしまったことでもあるし。

「……さほど多くのことは」とベンが言うのが聞こえた。「だが喜んで」

「教養ある方とこの話ができるのはうれしいよ」父の太いバリトンはベンのテノールと対照的だった。「迷信深い田舎の連中にはうんざりしているし……」

だれかが火に薪をくべたので、パチパチ鳴る音で父の言葉の続きが聞こえなかった。

両親の荷馬車が落とす長い影の中に、急いで移動した。

「……この曲のために幽霊を追いかけているようなものだよ。この話の断片をつなごうなど、ばかげたまねだ。手をつけなければよかったな」

「そんなことはないわ」と母。「あなたの最高の曲になるはずよ。自分でわかっているでしょう」

「すべての元になる話があるとお考えなのか？」ベンが尋ねた。「ランレの歴史的な根拠が」

「あらゆる兆候がそれを物語っているよ。十二人の孫を見てみたらそのうちの十人が青い目だったというようなものだ。それなら祖母も青い目をしているに決まってる。以前にもやったことがあるし、得意なんだ。同じやり方で『壁の下で』を書いたしね。だが……」と父はため息をついた。

「では何が問題なのかな？」

「話が古すぎるのよ。ひ孫のそのまたひ孫を見ているような感じなの」

「しかもそいつらは四方に散らばっている」と父がこぼす。「おまけにようやく一人見つけたと思うと、目が五つあったりするんだよ。二つは緑色で、あとは青、茶色、黄緑。すると次の一人は一つしか目がなくて、色が変わる。結論など引き出しようがない」

ベンが咳払いした。「気味の悪いたとえですな。だが、チャンドリアンに関してはわしの知識を役立ててもらってもかまわんよ。長いあいだ、いろんな話を聞いてきたから」

「まず、人数を知りたい。七人とする物語がほとんどだが、この点だけでも諸説ある。三人という説もあれば五人説もあって、『フェリオールの転落』には十三人も出てくる。アトゥールの教区ごとに一人、首都には追加で一人」

「それについてはお答えできる」とベン。「七人だ。これは確かだと思ってもらってよい。連中の名前の一部でもあるのだ。チェンは七という意味。チェン‐ディアンで〝七人の者たち〟という意味。チャンドリアン」

「それは知らなかった。チェンか。何語？　イル語かな」

「テマ語みたいな響きね」

「耳がよいですな」とベンが母に言う。「テム語じゃ。テマ語に千年ほど先立つ言語だがね」

「それで話が楽になった。一ヵ月前にお尋ねしていればなあ。それで、連中があいうことをする理由はご存じあるまいね？」口調から、答えてもらえると思っていないことは確かだった。

「それがまさに謎ですな」とベンがクスクス笑った。「そのために連中は、ほかのいろんな物語に出てくるおばけよりも恐れられているんじゃろう。幽霊は恨みを晴らしたい、魔物は魂を奪いたい、修羅は飢えて寒い。そうわかっていればあまり恐くはない。理解できるものには対処できるからね。だがチャンドリアンは晴れ渡った青空から稲妻のように現われる。破壊するだけ。理由《わけ》も調べもなく」

「わたしの歌には両方入れるよ」と父が陰気にきっぱりと言った。「これまでに、理由の方は掘り出せたものと思う。話の断片から情報をまとめた。ひどくいら立たしいのは、このむずかしい部分はやり終えたのに、細かい点に手こずってることなんだよ」

「理由がおわかりなのか？」ベンが好奇心をそそられた。「どんな説なのかね？」

父が忍び笑いした。「だめだよベン、ほかの人たち同様待っててもらわなくちゃ。この曲には長いこと苦しんでるんだから、完成させる前にオチをばらすわけにはいくまい」

ベンはがっかりしたようだった。「これはわしに一緒に旅を続けさせるための手のこんだ計略に違いあるまい」とこぼす。「黒焦げのもののことを聞くまでは去るわけにはいかんからな」

「じゃ、仕上げを手伝ってくださいな」と母。「チャンドリアンのしるしというのがもう一つの鍵となる情報なんだけど、それがはっきりとわからないのよ。彼らの存在を警告するしるしがあるのはみんな同意するのに、それがなんなのかとなると、意見が分かれるの」

「考えてみよう……」とベン。「青い炎、これはもちろん明らかだ。しかしそれをチャンドリアン特有のものだとするのには抵抗があるな。一部の物語では魔物のしるしとされているし、妖生物《フェイ》だとか、どんな魔法でもつきものだとする物語もある」

「坑道の中の悪い空気を示すこともあるわ」と母が指摘した。

「そうなのか？」と父。

母がうなずく。「ランプが青い煙を出して燃えると、空気中に爆発性のガスがあるということよ」

「なんと、炭鉱の爆発性のガスか」と父。「明かりを消せば暗闇で迷い、消さなければこなごなに吹っ飛ばされてしまうわけだ。どんな魔物よりも恐ろしいな」

「さらに秘術士の中には、細工をした蠟燭や松明を使って、だまされやすい町の住人を脅かすやつもおりましてな」と言うと、ベンは自分のことだと言わんばかりに咳払いした。

母が笑った。「話している相手がだれかお忘れなく、ベン。多少の演出で人を責めたりはしませんから。現に、『デオニカ』の次回上演でも青い蠟燭を使うことになってるの。あなたがどこかに二、三本しまいこんでいればの話だけど」

「探してみましょうかな」とベンが愉快がる。「ほかのしるしとなると……一人はヤギのような目をしているか、目がないか、黒い目をしているとされる。これは何度も聞いたな。チャンドリアンが近くにいると草花が枯れるとも聞いた。木は腐り、金属は錆び、れんがは砕け……」間を置く。「それが別々のしるしなのか同じ一つのしるしなのかはわからんが――」

「わたしが抱えている問題もだんだんわかってきただろう」と父がむっつりと言った。

「それに、連中がみんな同じしるしを使うのか、それとも個別にいくつか違うしるしを持つのかという疑問もある」

「言ったでしょう」と母が腹を立てた。「しるしは一人に一つ。それがいちばん筋が通ってるわ」

「奥様お気に入りの説ですな」と父。「だがそれではうまくはまらないんだよ。青い炎が唯一のしるしだとする物語もあれば、動物が騒ぎ立てるだけで青い炎はないとする物語もある。かと思えば、黒い目の男がいて、さらに動物が騒ぎ立て、さらに青い炎があるという物語もある」

「それもちゃんと筋が通るような説明はしてあげたでしょう」と母。そのいらいらした調子から、この話は以前にも議論したことがわかった。「全員がいつも一緒だというわけではないのよ。三、四人で出かけることだってあるのよ。火を薄暗くしたのが一人でも、全員が火を薄暗くしたのと同じに見えるはずよ。そう考えれば、それぞれの物語での違いも説明できる。集団の組み合わせによって、しるしの数も種類も違うのよ」

父が何かぶつぶつ言った。

「なかなか賢い奥様をお持ちですな、アール」ベンが発言して緊張をやわらげた。「いくら出せばお売りいただけますかな」

「残念ながらわたしの仕事に必要なのでね。でも短期間の貸し出しになら応じますよ、手ごろな……」体を叩く音に続いて、父のバリトンで少し痛そうだがほがらかな笑い声が聞こえた。「ほかに思い浮かぶしるしは？」

「連中は触れると冷たいらしい。どうしてそれを知り得たのか解せないがね。連中のまわりでは火が燃えないとも聞いた。もっともそれは青い炎とまったく矛盾する。きっと……」

風が起こり、木がそよいだ。葉音でベンの言葉がかき消された。その音にまぎれて、わたしはこっそりさらに数歩近づいた。

「……〝影にくびきで縛られ〟と言うじゃないか、どういう意味か知らないが」と、風がやんで父が言うのが聞こえた。

ベンがうなった。「わしにもわからん。連中の影は逆方向、つまり光に向かうから正体がばれるという話を聞いた。また、中の一人が〝影縛者〟と呼ばれる物語もある。〝影縛者なんとか〟というんじゃよ。悔しいことに名前を思い出せないんだよなあ……」

「名前と言えば、その点も問題なんだ。二十ほど集めたので、あんたのご意見をうかがえればありがたい。いちばん——」

「待ってくれ、アール」とベンがさえぎった。「声に出さんでくれるかな。人の名前ということだがね。地面に引っかいてくれてもかまわんし、わしが石盤を取ってきてもいい。口に出して言うのだけは控えてもらえるとありがたい。用心に越したことはないと言うからね」

深い沈黙が流れた。わたしは自分が立てる音が聞こえるのがこわくて、こっそり上げた足を途中で止めた。

「そんな目で見なさんな、二人とも」と、ベンがむっとして言った。

「でも驚いたのよ、ベン」と、母のやさしい声がした。「あなたが迷信深いとは思わなかったから」

「迷信深くなどない」とベン。「注意深いのだ。迷信深いのとは違う」

「もちろんだよ」と父。「わたしは決して……」

「言いわけは金を払う客にとっておくがいいよ、アール」とベンが父をさえぎった。その声にははっきりといら立ちが聞き取れた。「あんたはとことん役者だから表に出さんが、相手にまぬけだと思われたらちゃんとわかる」

「意外だったんだよ、ベン」と父がすまなそうに言った。「あなたは教養がおありだ。わたしは、チャンドリアンと口にするが早いか、鉄に触ったりビールを傾けたりする連中にうんざりしてるんだよ。こっちは話を復元してるだけで、暗黒魔術に手を出してるわけじゃないのに」

「いや、最後まで聞いてくれ。あんた方のことはほんとに好きだから、愚かな年寄りと思われたくはない。それに、あとで話したいことがあるのだが、それについては真剣に聞いてもらいたい」

また風が起こったので、わたしはその音にまぎれて最後の数歩を踏み出した。両親の荷馬車の角をじりじりとまわり、ベールのように繁る葉のあいだからのぞき見た。三人は焚き火のまわりに腰を下ろしていた。ベンはすり切れた茶色い外套をまとい、体を丸めて切り株に座っている。父と母はベンの反対側にいて、母は父にもたれかかり、二人で一枚の毛布をゆったりと体にかけている。

ベンが陶製の水差しから革の杯に注ぎ、それを母に手渡した。ベンが話すと、息が霧のようになった。「アトゥールの人たちは、魔物をどう思っているのかね」

「怖がってるよ」父がこめかみを軽く叩いた。「やたらと信心深くて、頭がおかしくなってるからね」

「ヴィンタスではどうかね。テフル教徒はかなりの数にのぼるだろう。やはり怖がっているのかね」

　母がかぶりを振った。「あの人たちはくだらないと思ってるわ。魔物は象徴的な存在だと考えているから」

「ならばヴィンタスでは夜に何を恐れているのかね」

「妖《フェイ》」と母。

　父が同時に「ドラウガー」と言った。

「お二人とも正しい。国のどちらにいるかによるからね。そしてここ連邦の人たちは、どちらの考えにも陰で笑うよ」あたりの木々を身振りで示す。「だがここでは、秋が来たら修羅に目をつけられないよう注意する」

「そういうことだ」と父。「優れた旅芸人であるには、観客の嗜好を心得ることが大切だから」

「あんたはわしがイカレとるとまだ思っとるようだね」とベンが愉快そうに言った。

「ちょっと聞くが、もしあしたビレンに着いて森に修羅がいると言われたら、信じるかね」父はかぶりを振った。「二人に言われたらどうかね」またかぶりを振る。

　ベンは切り株の上で身を乗り出した。「十人に大まじめに言われたらどうかね。修羅が野原にいて、あんたを食べ――」

「信じるわけがないじゃないか」と父がいらいらしながら言った。「くだらない」

「もちろん」とベンが指を一本上げて同意した。「だが、そこであんたはあえて森に入ろうとするかね。本当に聞きたいのはそこんとこじゃよ」

父はじっと座ったまま、しばらく考えこんだ。

ベンがうなずいた。「町民の半数の警告を無視するのは愚かじゃろうが、連中と同じことを信じていないとしてもな。修羅が恐くないというなら、何が恐いかね」

「クマ」

「盗賊」

「旅芸人が恐れてしかるべきものだな。住民は歯牙にもかけんが。どの土地にも迷信はあるのに、だれもが川向こうの人たちが考えていることを笑うものだ」二人に真剣な眼差しを向ける。「だがあんた方のどちらかでも、チャンドリアンを題材にした愉快な歌や話を聞いたことはあるかね。聞いたことがない方に一ペニー賭けよう」

母が少し考えてから首を横に振った。父はゆっくりと飲んでからやはり首を振った。

「わしは、チャンドリアンがどこかにいて、どこからともなく稲妻のようにいきなり襲ってくると言っとるのではない。だが、どこの土地の者たちも連中を恐れている。それには普通理由があるだろう」

ベンが笑いを浮かべ、陶製の杯を傾け、ビールの残りを土にあけた。「それに、名前は妙なもの、危険なものだ」二人に鋭い視線を向ける。「それだけは確実に知っとる。なにせわしは教養ある男だからね。ついでにいささか迷信深いのは……」肩をすくめる。

「まあ、それはわしの趣味じゃ。なにせ年寄りだし。大目に見ておくれよ」

父が考え深げにうなずいた。「どこへ行ってもチャンドリアンの扱いが同じだと気づかなかったとは。見抜くべきだった」頭をすっきりさせようとするように振る。「名前のことはあとにしよう。あなたの話したいこととはなんだい?」

わたしは見つかる前にこっそり立ち去ろうとしているところだったが、ベンが次に口にしたことを聞いて、一歩も踏み出せずその場で固まった。

「親だとかえってわかりづらいかもしれないが、あんた方の息子のクォートくんは賢い子だ」ベンは再び自分の杯を満たし、水差しを父に差し出すと、父は断った。「いや、〝賢い〟どころではない」

母は杯の縁ごしにベンを見ていた。「少しでもあの子と一緒にいれば、だれにでもわかることよ、ベン。いちいち騒ぐことでもないと思うけど。とりわけあなたは」

「どうも様子がしっかりおわかりでないようだ」とベンが言い、火に入りそうになるくらい足を伸ばした。「あの子、リュートはすぐに覚えたのかね」

いきなり話が変わったので、父は少し驚いたようだった。「わりと簡単に。なぜだい？」

「いくつだった？」

父が髭を引っ張りながらしばらく考えていた。静けさの中で、母の声がフルートのように流れた。

「八歳よ」

「自分が習い覚えたときのことを思い出してごらん。いくつだった？　どこで苦労した？」父は髭を引っ張り続けていたが、さっきより思慮深い顔つきになり、目は遠くを見た。

アベンシーが続けた。「あの子は一度教えられただけで、和音を一つ残らず、運指を一つ残らず、つっかえもせず、愚痴もこぼさずに覚えたはずだ。間違えても一度きりだった、そうだろう？」

父は少しあわてた様子だった。「たいていはね。でもあの子も人と同じで苦手なこともあったよ。Eの和音。Eの長和音と減和音には相当手こずった」

母がそっと言い添えた。「わたしも覚えているわ、あなた。でもそれは、手が小さかったからじゃないかしら。ほんとに幼かったから……」

「それもすぐにできるようになったはずだ」とベンが静かに言った。「あの子はすばらしい手を持っている。わしの母親なら、魔法使いの手と呼んだだろうな」

父が微笑んだ。「母親ゆずりでね。繊細だが強い。鍋磨きに打ってつけ。そうだろ、奥方？」

母が父をピシャリと叩いてから、父の片手をとらえ、ベンに見えるように指をひろげた。「父親ゆずりなのよ。優美でやさしくて。貴族のお嬢様方を誘惑するのに打ってつけでしょ」父が抗議したが、母は無視した。「この人の目と手に追いまわされたら、世界じゅうのどの女性も無事ではいられないわ」

「求愛されたら、だよ」と父が穏やかに訂正した。

「言葉尻だわ」と母が肩をすくめる。「追いまわす以外のなにものでもないでしょ。追いかけっこが終わったら、逃げた貞淑な女たちが哀れだけど」母はまた父に寄り添って、握っていた父の手を自分の膝に置いた。母が少しだけ頭を傾けると、父はそれを合図に体を寄せて母の唇の端に口づけした。

「然り」とベンが言い、杯を持ち上げて乾杯するまねをした。

父はあいている方の腕を母にまわし、ぎゅっと腕を握った。「何を言いたいのかまだわからないんだがね、ベン」

「あの子はどんなことでもそういうふうに身につけるんだ。鞭のようにすばやく、ほとんど間違えもせずに。あんたたちが歌って聞かせた歌は、全部覚えているだろう。わしの荷馬車にあるものについては、このわしよりも知っている」

ベンが水差しを持ち上げ、コルク栓を抜いた。「だが暗記だけではない。あの子は理解する。わしが教えようとしていたことの大部分を、すでに自分で理解していた」

ベンが母の杯にまた注いだ。「十一歳。その歳であの子のように話す子どもをほかにご存じかね？　こういう開明的な環境で暮らしているせいもある」あたりの荷馬車を身振りで示す。「だがほとんどの十一歳児が考えているのは、せいぜいが石跳びをしたり、ネコのしっぽをつかんで振りまわすことではないかな」

母が鈴を鳴らすように笑ったが、アベンシーは真剣な表情だった。「本当だよ。あの子より年長の生徒に教えたことがあるが、あの子の半分も理解できなかった」にっこりする。「わしにあの子の手と、あの子の四分の一の才覚があったら、一年もしないうちに銀の皿で食べているだろうよ」

しばし会話がとぎれた。母が静かに言った。「あの子がまだ赤ちゃんで、よちよち歩きしていたときのことなんだけど。見ているの、いつも見ている。曇りのない明るい目は、世界を呑みこんでしまいたいというようだったわ」少し声が震えていた。父が片腕をまわすと、母はその胸に頭を休めた。

次の沈黙はさっきより長かった。わたしがこっそり立ち去ろうと考えていると、父がいきなり言った。「で、どうしろと？」その声には、少しの心配と父親の誇りが宿っていた。

ベンがやさしく微笑んだ。「特にあれだが、時が来たらどんな選択肢を与えるべきか考えておくことだ。あの子は最高の一人として、世界に名を残すだろう」

「最高のなんだい？」と父が低く太い声で言った。

「本人が選ぶどんな道でも。ここにとどまるなら、次のイリエンになるのは必定」

父が微笑んだ。イリエンは旅芸人の英雄だ。史上ただ一人真に有名なエディーマ・ルー。わたしたちが歌うもっとも古くもっともすばらしい曲の数々は、すべて彼の手になるものだ。

そればかりか、物語を信じるなら、イリエンは生涯にリュートを作り変えたという。リュート作りの名人イリエンは、古めかしく壊れやすく扱いにくい宮廷用のリュートを、今日われわれが使っている、変幻自在で優れた七弦の旅芸人のリュートに改造したんだ。そういった物語では、当のイリエン自身が使っていたリュートは八弦だったとされる。

「イリエンねえ。それはいいわね」と母。「王様たちがわたしのクォートちゃんの演奏を聴こうと、はるばるやって来るわけね」

「あの子の奏でる音楽なら、酒場のけんかも国境の争いもやめさせられるよ」とベンが微笑む。

「彼の膝の奔放な女たちが」と父が熱をこめて言った。「頭に乳房《ブレスト》を乗せる」

啞然としたのか、沈黙が流れた。やがて母が声に怒気を含ませてゆっくり言った。

「それを言うなら〝膝に獣《ビースト》が頭を乗せる〟でしょ」

「そうだっけ？」

ベンが咳払いして続ける。「あの子が秘術士になろうと決めたら、二十四歳までには王宮仕えとなるだろう。商人になるなら、死ぬまでに世界の半分を所有することは間違いない」

父が眉を寄せた。ベンが微笑んだ。「最後のは考えなくていいよ。あの子は商人になるには好奇心がありすぎるからね」

ベンがそれに続く言葉を慎重に考えているように間を置いた。「あの子は大学に入学を許されるだろう。もちろん何年も先のことだ。少なくとも十七歳にならないと。だがきっと……」

あとの言葉は聞こえなかった。大学！　わたしにとって大学とは、大部分の子どもたちにとっての妖宮廷《フェイ》、つまり夢に見る架空の場所になっていた。小さな町ほどもある学校。一万の十倍もの数の本。そこの人たちは、思いつくかぎりのどんな質問にも答えてくれて……
また三人に注意を戻すと、静かになっていた。

父は、腋の下に頭をすり寄せている母を見下ろしていた。「すごいことだねえ。おまえ、十二年前にどこかのさまよう神様と同衾《どうきん》でもしたかい？　それなら、われわれのちょっとした謎も解けようってもんじゃないか」

母がふざけて父をピシャリと叩き、さっと考えこむような顔つきになった。「そういえば、十二年前のある晩に、男がわたしのところに来たことがあったわ。口づけと胸に迫る歌の紐でわたしを縛り、操《みさお》を奪って連れ去ったわね」ひと息置く。「でもその人、赤毛じゃなかった。その人のはずはないわね」

母は、少しばつが悪そうにしている父に向かって、いたずらっぽく笑った。それから口づけした。父も口づけを返した。

今も両親を思い出すときには、そのときの姿が浮かぶ。頭の中で大学への思いを躍らせながら、わたしはその場をそっと立ち去った。

第十三章　幕間・血を秘めた肉体

道の石亭は静まり返っていた。沈黙は、部屋に二人きり、テーブルに向かっている男たちを取り巻いていた。クォートは語るのをやめていた。組み合わせた両手を見下ろしているようだったが、実際にはその目は彼方を見ていた。ようやく目を上げると、紀伝家がインク壺の上方にペンを止めてテーブルの向かい側に座っていることに気づき、驚いたような様子をした。

クォートは我に返って息を吐き、ペンを置くよう身振りで促した。ほどなく紀伝家はそれに従い、清潔な布でペン先を拭き、テーブルに置いた。

「何か飲みたい」と、唐突にクォートが言った。まるでびっくりしたかのように。「近ごろは語ることもあまりなかったから、とんでもなく喉が渇いてしまった」するりと立ち上がると、無人のテーブルのあいだを縫って、無人のカウンターへ向かった。「なんでもお出しできるよ。ダーク・エール、白ワイン、スパイス入りのリンゴ酒、ココア、コーヒー……」

紀伝家は片方の眉を上げた。「ココアがあったらいただけますか。そんなものがあるなんてね、こんな人里離れたところで……」気を使って咳払いする。「どこにもなかなかないのに」

「道の石にはなんでもある」と、クォートが無人の部屋をぶっきらぼうに身振りで示した。「客以外はということだがね、もちろん」カウンターの下から陶器の水差しを取り出し、鈍い音を立ててカウンターの上に置いた。ため息を漏らしてから呼びかけた。

「バスト！　リンゴ酒を持っておいで」

部屋の奥の戸口から、よく聞き取れない返事が返ってきた。

「バスト」と、クォートが聞こえないほど小さな声でしかった。

「降りてきて自分で持ってけよ、このぐうたら！」と、地下室から大声が上がった。

「今忙しいんだから」

「雇い人？」と紀伝家。

クォートがカウンターに肘をつき、にんまりと笑った。

少しすると、ブーツの堅い靴底で木の階段を踏み鳴らしながら上がってくる音が戸口から聞こえた。バストがぶつぶつ言いながら部屋に入ってきたのだ。

すっきりとしたなりをしている。黒い長袖のシャツを黒いズボンにたくしこみ、黒いズボンをやわらかな黒いブーツにたくしこんでいる。目鼻だちが鋭く繊細で美しいほどで、鮮やかな青い目をしている。

奇妙だが感じのよい優美な足取りで、カウンターへ水差しを運んだ。「お客さん一人なのに？」ととがめる。「自分で取りに来れなかったんですか？『セラム・ティンチャー』、中断してしまいましたよ。ここ一カ月近く、読め読めって言ってたくせに」

「バスト、大学では教師の話を盗み聞きする学生はどういう目に遭うか知ってるかい？」クォートがいたずらっぽく訊いた。

バストは胸に片手を置いて、無実を訴え始めた。

「バスト……」クォートがキッと彼を見た。

バストは口を閉じ、一瞬説明しかけようとしたようだったが、肩を落とした。「どうしてわかったんです？」

クォートが含み笑いをした。「おまえ、あの本はこれまで果てしなく避けてきたじゃないか。急にとてつもなく熱心な生徒になったか、何か後ろめたいことをしてるかのどっちかだ」

「で、大学では、盗み聞きした学生はどうなるんです？」バストは知りたがった。

「さあね。わたしは一度も捕まったことはないから。おまえも座らせて、わたしの話の続きを最後まで聞かせたら、罰としては充分だろう。だが忘れていたよ」と部屋を身振りで示す。「お客様をほったらかしにしている」

紀伝家は少しも退屈してはいないようだった。バストが部屋に入ってくるなり、興味深げに観察し始めたのである。だが二人の会話を聞くうち、次第に困惑し、緊張した表情になった。

公平のため、バストについて言っておこう。一見すると、魅力的ながらも平凡な若者である。しかし何かが人と違う。たとえば、彼は黒いやわらかな革のブーツを履いている。少なくとも、まっすぐ見るとそう見える。だがしかるべき光の加減の中に立っているときに、目の端で彼を捕らえると、まったく違うものが見えるのだ。

そして見る者に適切な精神、つまり見るものをありのままに見られる精神があるなら、彼の目が異様であることに気づくかもしれない。自分の期待に囚われないという希有な才能が見る者の精神にあれば、その目に何かほかのもの、奇妙で不思議な点があることにも気づくだろう。

それ故に紀伝家は、クォートの年若い生徒を見つめ、何が違うのか見極めようとしていたのだ。二人の会話が終わるまでには、紀伝家の凝視は控えめに言っても真剣、ほとんど無礼と言えるものになっていた。ついにバストがカウンターから振り向いたとき、紀伝家の目はそれとわかるほど見開かれ、もともと青白い顔がさらに色を失っていた。

紀伝家はシャツの内側に手を入れると、首にかけた何かを引っ張り出した。それをテーブルの上で腕の長さほど離し、自分とバストのあいだに置いた。この一連の動作を、カウンターのところにいる黒髪の若者に目を据えたまま、一瞬のうちにやった。落ち着いた表情で、その円形の金属を二本の指でしっかりとテーブルに押しつけた。

「鉄」と言った。その声には、それが従うべき命令だとでも言わんばかりの、奇妙な響きがあった。

バストは腹に一撃をくらったように体を折り、歯をむいて、うめきとも叫びともつかない音を出した。不自然なほどしなやかにすばやく片手を引いて頭の脇に当て、飛びかかろうと体を緊張させた。

あっと息をのむ間の出来事だった。それでもクォートはその長い指でバストの手首をつかんだ。それに気づかないのか気にかけないのか、バストは紀伝家めがけて飛びかかったが、クォートの手がかせのようにそれを押さえこんだ。バストは逃れようと必死にもがいたが、クォートはカウンターの後ろで腕を伸ばしたまま、鋼鉄か石のように微動だにしなかった。

「やめろ！」クォートの声が命ずるように宙を撃つと、静まり返り、怒りに満ちた声が鋭く響いた。「わたしの友人同士が争うことは許さない。それでなくてもすでに大勢失ったのだから」紀伝家を見る。「縛《ばく》を解け、さもないとわたしが破る」

紀伝家は怯え、動きを止めた。そして無言で口を動かし、かすかに震えつつテーブルの上のなんの変哲もない金属の環から手を離した。

バストの体の張りがいっきにゆるみ、カウンターの後ろのクォートがまだ握っている手首から、一瞬、ぬいぐるみのようにぶら下がった。打ち震えながらどうにか足を踏ん張り、カウンターに寄りかかった。クォートはしばらく調べるように彼を見てから、手首を離した。

バストは、紀伝家に目を据えたまま、どさりと腰掛けに座った。それから、傷が痛む人のように、用心深く体を動かした。

バストは変化していた。紀伝家を見ている目は相変わらず鮮やかな海のような青だったが、今では貴石か深い森の水たまりのように一色になり、やわらかな革のブーツは、先が割れた優美な蹄《ひづめ》に取って代わられていたのである。

クォートは紀伝家を有無を言わさず手招きして、厚みのあるグラス二つと瓶を一本、一見適当に選んでいるように手に取った。グラスを並べていると、バストと紀伝家は落ち着かない様子でにらみ合っていた。

「さて」とクォートが怒った口調で言った。「二人とも行動はわからんでもないが、だからといって行儀がよかったとはまったく言えない。だから、仕切りなおそう」

一つ深く息を吸いこむ。「バスト、紹介しよう。こちらはデヴァン・ロッキース、またの名を紀伝家という。だれもが認める優れた語り部、記憶する者、物語の記録者だ。それに加えて、わたしが突然正気を失ったのでなければ、秘術校の秀才、少なくともレラールで、鉄の名前を知る世界でおよそ四十人の中の一人」

しかし、それだけの栄誉にもかかわらず、少々世事に疎《うと》いようだ。運よく初めて目にした種族の相手に対し、自殺行為にも等しい攻撃を仕掛けるという、常軌を逸した行為を見れば明らかだろう」

紀伝家は紹介されているあいだ無表情で立ちつくし、バストをヘビでも見るように見つめていた。

「紀伝家殿、バスタスをご紹介しよう。レメンの息子、黎明の王子にして、テルワイス・マエル。わがもっとも聡明なる生徒、つまりわたしが不運にも抱えこんだ、ただ一人の教え子。妖術使い、バーテンダー、そして何より、わたしの友人。

この者はまた、わたしが個人指導を授けた二年近くは言うに及ばず、百五十年の人生のあいだに、いくつかの重要な事実を学ばなかった。その筆頭は——鉄を縛れるほどの腕を持つ秘術学徒を攻撃するのは愚かである」

「こいつが攻撃してきたんですよ！」とバストがいきり立った。

クォートが冷ややかにバストを見た。「不当だとは言っていない。愚かだと言ったんだ」

「勝てたのに」

「そうだろうな。だがおまえも怪我をしただろうし、彼も怪我をするか死んでいただろう。わたしが彼を客人として紹介したのを覚えているか？」

バストは黙っていた。表情はまだ敵意に満ちていた。

「では」とクォートがうわべだけほがらかに言った。「これで紹介はすんだ」

「よろしく」とバストが冷淡に言った。

「こちらこそ」と紀伝家が返した。

「あなた方が友だち以外のものになるべき理由はない」とクォートが声に怒気を含ませて続けた。「それに、今のは友人同士の挨拶《あいさつ》ではない」

バストと紀伝家は、不動のままにらみ合った。

クォートが抑えた声で言った。「愚かなまねをやめないなら、二人とも今すぐ出ていってくれ。一人は物語の切れっ端を手に去り、もう一人は新しい教師を探すことだ。何がかまんならないといって、頑迷な自尊心がなす愚行ほどがまんならないものはないからな」

クォートの声に潜む激烈さで、二人はにらみ合いをやめた。そして二人がクォートに目を向けると、カウンターの向こうにいるのはまったくの別人ではないかと思えた。快活な宿の亭主は姿を消し、その場所には、暗く猛々しい人物が立っていた。

実に若い、と紀伝家は驚嘆した。二十五歳前だろう。なぜ気がつかなかったのか。わたしのことなど焚きつけ用の棒のようにぽきりと折ってしまえる。このわたしともあろうものが、ほんの一瞬でも彼を宿の亭主と見まごうとは。

そのとき彼はクォートの目を見た。緑色がいちだんと深まり、黒に近くなっていた。これぞわたしが会いに来た人物、と紀伝家は思った。これぞ王たちに助言を与え、自分の才知だけを頼りに古道を歩いた男。これぞ大学でその名をたたえられ、かつ蔑まれた男なのだ。

クォートは紀伝家とバストに代わる代わる目をやった。どちらもクォートと長く目を合わせていられなかった。気まずい沈黙ののち、バストが片手を差し出した。少しだけためらってから、紀伝家も火の中に突っこむようにすばやく手を出した。

何も起こらないので、二人ともやや驚いた様子になった。

「すごいだろう？」とクォートが二人に辛辣に言った。「五本の指と、血を秘めた肉体。その手の先には何やら人のようなものがあるとすら思えそうではないか」

二人の男の顔に罪悪感が浮かんだ。手を離した。

クォートが緑色の瓶からグラスに何かを注いだ。この単純な動作が彼を変えた。自分の中に消え入るような感じで、やがて少し前にカウンターの向こうに立っていた、暗い目をした男はほとんど消えていたのである。紀伝家は、片手をふきんに隠した宿の亭主を見つめているうちに、喪失感にとらわれた。

「さあ」クォートが二人の方にグラスをすべらせた。「これを持っていってあのテーブルで話をしなさい。わたしが戻って来たとき、どちらかが死んでいたり店が火事になったりしていては困るよ。いいね？」

バストがばつが悪そうに微笑むと、紀伝家がグラスを二つ手に取り、テーブルに戻った。バストがそのあとに続き、座りかけたが、戻って瓶をつかんだ。

「そいつを飲みすぎないこと」とクォートが奥の部屋に足を踏み入れながら注意した。「わたしが語っているあいだ、ケラケラ笑いどおしでは困るからね」

テーブルについた二人は、クォートが調理場に入っていくのを見計らって、緊張しながらとぎれとぎれに話を始めた。数分後、クォートが、チーズと黒パン、冷たい鶏肉と腸詰め、バターと蜂蜜を運んで来た。

クォートがどこから見ても亭主然としてきびきびと皿を並べるあいだ、二人は大きなテーブルに移った。紀伝家はクォートを盗み見ていたが、鼻唄を歌いながら腸詰めを切り分けているこの男が、数分前にカウンターの向こうに立っていた、暗い目をした猛々しい人物と同じ男だとは信じがたかった。

紀伝家が紙とペンを用意していると、クォートは憂い顔で窓から射しこむ光の角度を観察した。やがてバストに向きなおった。「どれだけ立ち聞きしたのだ?」

「ほとんどですよ、レシ」とバストが微笑む。「耳がいいんです」

「それはよかった。語りなおす時間はないから」深く一つ息を吸う。「では再開しよう。覚悟したまえ、話は急転するからね。下降し、暗くなり、地平に暗雲が立ちこめる」

第十四章　風の名前

冬は、旅まわりの一座にとって閑散期なんだ。アベンシーは空いた時間を利用して、ようやく本格的に共感術を教えてくれた。しかしわたしの場合も子どもの例に漏れず、待っているときの方が実現したときよりはるかに心躍った。

共感術に失望したと言ってはいけないのだろうが、正直言って、失望したのは事実なんだ。期待していたような魔術ではなかったからね。

役に立ったことは確かだ。上演の際、ベンは共感術で明かりを作り、演《だ》し物に使った。共感術を使えば、火打ち石を使わずに火を熾し、扱いにくい縄や滑車を使わずに重たいものを持ち上げられた。

しかし初めてベンに会ったとき、彼はどうやってかはわからないが風を呼んだ。あれはただの共感術などではなかった。おとぎ話に出てくるような魔法だった。わたしが何よりも知りたい秘密だった。

雪が融けてからずいぶん経ち、一座は連邦西部の森や野原を走っていた。いつもどおりわたしは、ベンの荷馬車の前の座席に乗っていた。夏が再びその存在を知らしめようとしているところで、あらゆるものが緑色に輝き、育っていた。

一時間ほどなにごともなかった。ベンが片手に手綱をゆるく握ってうとうとしていたそのとき、荷馬車が石に当たり、わたしたちはそれぞれの空想から放り出された。

ベンが座席で背筋を伸ばし、おなじみの〝難問を解いてごらん〟の口調で語りかけてきた。「やかんの水を沸騰させるにはどうする?」

あたりを見ると、道端に大きな石が一つあったので、それを指さした。「あの石はお日さまで温まってるはずだから、やかんの水に縛って、石の熱を使って水を沸騰させればいいよ」

「水と石というのはあまり効率的じゃない。水を温めるのにまわるのは、せいぜい十五分の一ほどだ」

「うまくいくよ」

「それは認めるが、心もとない。もっとうまいやり方があるのではないかな、エリール」

そしてアルファとベータをどなりつけた。すこぶる機嫌がいいというしるしだ。二頭とも、品行方正なベータならなおさらのこと、ロバならしようとも思わないはずのことをしたと責められているのに、どなられても平然としていたな。

ベンは延々責め立てていたが、いきなり訊いてきた。「あの鳥を落とすにはどうする？」道沿いに広がる小麦畑の上空を飛んでいるタカを身振りで示した。

「たぶん落とさない。ぼくに何かしたわけじゃないもの」

「あくまで仮定の話として」

「あくまで仮定の話として、落とさないだろうと言ってるんだよ」

ベンがクスクス笑った。「了解した、エリール。具体的には、どうやって落とさずにすますのだね。くわしく説明してくれ」

「テレンに撃ち落としてもらう」

ベンは考え深げにうなずいた。「ふむ、なるほど。しかし、おまえと鳥のあいだの問題なのだ。あのタカは」と、怒ったふりをして指し示す。「おまえの母さんを悪く言っておったぞ」

「ふうん。じゃあぼく自身が名誉にかけて母さんを弁護しなくちゃいけないね」

「そのとおり」

「ぼくには羽根がある？」

「ない」

「テフルよ、お導きを、まったく……」それは通用しないぞというベンの表情を見て、わたしは言葉を切った。

「いちいち話を面倒にするなあ」

「利口ぶっていた学生のおかげで身についた、いやな癖《くせ》でね」笑いを浮かべる。「羽根を持っていたとしても、何ができる？」

「それを鳥に縛って、アルカリ石けんの泡を塗るよ」

ベンは、ない眉を寄せた。「どういう縛《ばく》で？」

「化学的なもの。二次触媒かな」

考えこむ。「二次触媒ね……」あごを引っかく。「羽根をなめらかにする油を溶かすわけか？」

わたしはうなずいた。

ベンが鳥を見上げ、「それは思いつかなかったな」と感心するようにつぶやいた。わたしはそれをほめ言葉と受け取ったね。

「それでもやはり」とわたしに目を戻す。「羽根はない。どうやって落とす？」数分考えてみたが何も思いつかないから、これを別の種類の授業に変える方向に持っていくことにした。

「ぼくだったら」となにげなく言った。「風を呼んで、風に空から鳥を叩き落とさせるよ」

ベンは、おまえの魂胆《こんたん》はわかっているという、用心深い表情になった。「どういう具合にやるんだね、エリール」

冬のあいだずっと秘密にしていたことをとうとう教えてくれるのではないかと感じた。それと同時に、ある考えが浮かんだ。

深く息を吸いこみ、言葉を発して、肺の中の空気を外の空気に縛った。しっかりとアラールを頭の中で集中し、結んだ唇に親指と人差し指を当て、指のあいだから息を吹いたんだ。

すると背後でふっと風が吹いたかと思うと、わたしの髪が乱れ、一瞬ピンと幌《ほろ》が張った。ただの偶然かもしれなかったが、それでも得意になり、笑みがあふれた。信じられず啞然とするベンに向かい、しばらく狂人のようにニタニタしていたよ。

すると、水中深くもぐっているように、何かに胸を圧迫される感じを覚えた。

息を吸おうとしたが吸えない。少し混乱し、吸おうとし続けた。落下して背中を打ちつけ、肺の空気が出てしまったような感じがした。

にわかに、自分が何をやらかしたか合点した。全身から冷や汗が噴き出し、狂ったようにベンのシャツをつかんで、自分の胸、首、開けた口を指し示した。

びっくりしてわたしを見ていたベンの顔から血の気が引いた。

何もかも静止している。草の葉一枚そよいでいない。荷馬車の音さえ、はるか彼方にあるように聞こえてこない。

頭の中で恐怖が叫びを上げて駆け抜け、思考を流し去った。喉につかみかかり、シャツの胸元を引き裂いて開けた。心臓の音がとどろいて耳鳴りを突き破った。空気を求めて大きく口を開けていると、締めつけられた胸を痛みが突き刺した。

ベンが今まで見たこともないような敏捷な動きでわたしの裂けたシャツをつかみ、荷馬車の座席から飛び上がった。道端の草に着地すると、ものすごい力で地面に投げつけられた。肺に空気が残っていたとしても、衝撃で外に出てしまっただろう。

涙を流しながら、むやみにのたうちまわった。死ぬのだと思ったよ。目が熱くなり赤くなった。半狂乱の体《てい》で、感覚を失い氷のように冷たくなった両手で土を引っかいた。

だれかが叫んでいるのがわかったが、ずっと遠くから聞こえてくるような気がした。

ベンが膝をついて上からわたしをのぞきこんでいたが、その背後の空は薄暗くなっていった。ベンはわたしに聞こえないものに耳を傾けているのか、こちらをあまり気にしていないようだった。

するとベンはわたしを見た。覚えているのはその目だけ。彼方を見ているようで、醒めて冷たく、ものすごい力に満ちていた。

わたしを見て、口を動かし、風を呼んだ。

稲妻に撃たれた葉のようにわたしは震えた。そして雷鳴は黒かった。

気がつくと、ベンに助け起こされているところだった。ほかの荷馬車も止まり、みんなが心配そうな顔で見ているのがぼんやりとわかった。ベンが一家の荷馬車から近づいてきた母を途中で出迎え、クスクス笑いながら安心させるような言葉をかけたが、吸っては吐いて深呼吸するのに集中していたので、よく聞き取れなかった。

ほかの荷馬車がそれぞれに出発し、わたしは無言でベンのあとについて彼の荷馬車に戻った。ベンは、幌をつなぎ留めている紐をわざとのろのろ点検した。わたしが気を落ち着けていっしょうけんめい手伝っていると、一座の最後部にいた荷馬車が通り過ぎていった。

見上げると、ベンの目は怒りに燃えていた。「何を考えとる」と声をひそめる。「え？　なんだ？　何を考えとったんじゃ」こんなベンは見たことがない。全身が怒りのかたまりと化し、打ち震えていた。わたしを殴ろうと片腕を引き……止めた。そして、ぶらんと手を落とした。

残る二本の紐を手ぎわよく点検すると、荷馬車に乗りこんだ。わたしはどうすればいいかわからず、ともかくあとに続いた。

ベンが手綱をくいと引くと、アルファとベータに牽《ひ》かれて荷馬車が動いた。わたしたちは列のいちばん後ろになった。ベンはまっすぐ前を見つめていた。わたしは破れたシャツの前立てを指でいじっていた。張り詰めた空気が流れた。

今になって考えてみれば、とんでもなく愚かなことをやってしまったんだな。息を体外の空気に縛ったせいで、呼吸ができなくなったわけだ。わたしの肺はそんなに大量の空気を動かせるほど強靭ではなかった。鉄のふいごのような胸で、川の水を飲み干すか山を持ち上げることくらいできなければ無理な話だ。

気まずい沈黙に包まれて、二時間ほど走った。太陽が木々のてっぺんをかすめるころ、ようやくベンが深く息を吸い、破裂するようなため息をついた。わたしに手綱を渡した。

ベンに顔を向けたそのとき、彼がどんなに年老いているか初めて気づいた。六十歳近いことはわかっていたが、そんな歳に見えたことは一度もなかった。

「お母さんには嘘を言っておいたよ、クォート。終わりのところを見て、心配しておられた」前方の荷馬車に目を据えたまま語る。「演し物に使う芸を試していたところだと言っておいたよ。お母さんは立派な人だ。嘘などついてはいかんのだがね」

果てしなく続く沈黙の中をつらい思いで走っていると、日没までまだ二、三時間あるというときに、前方から「灰色石《グレーストーン》だ!」と口々に叫ぶ声が聞こえてきた。わたしたちの荷馬車がはずんで草地に折れたため、物思いにふけっていたベンはその状態からはじき出された。

ベンが見まわすと、太陽はまだ空にあった。「なぜこんな早い時間に止まったんだ? 倒木が道をふさいでるのか」

「灰色石だよ」わたしは、前方に連なる荷馬車のてっぺんからぼうっと浮き上がっている板状の石を示してみせた。

「え?」

「たまに道端で出くわすんだ」路辺に並ぶ低めの木々のてっぺんから見える灰色石をまた指し示した。ほとんどの灰色石同様、ぞんざいに長方形に切り出されており、高さは三メートルちょっとあった。まわりに集まった荷馬車のそれぞれは、どっしりした石の存在感に比べると貧弱に見えた。「立ち石って呼ばれてるのを聞いたことがあるけど、立ってるんじゃなくて寝てるのもたくさん見たよ。石を見つけた日は必ずそこで止まることにしてるんだ、すごく急いでいなければ」しゃべりすぎていることに気づいて口を閉じた。

「別の呼び名でなら知っている。道の石《ウェイストーン》だ」とベンが静かに言った。老けて疲れて見えた。しばらくしてベンが訊いた。「見つけると、どうして止まるんだい？」

「別に。とにかくそうなんだ。ちょっと休めるし」少し考えてみる。「幸運のしるしなんだと思うよ」会話を長引かせ、ベンの興味をそそるようなことをもっと言えればよかったが、ほかには思いつかなかった。

「きっとそうなんだろう」ベンは、石から遠い、ほかの荷馬車のほとんどから離れた場所にアルファとベータを連れていった。「夕食に来るか、夕食がすんだらすぐ来なさい。話がある」わたしを見ずに背を向け、荷馬車からアルファをはずしにかかった。

こんな様子のベンは見たことがなかった。彼との関係を台なしにしてしまったのではないかという不安に襲われながら、両親の荷馬車へ走っていった。

母が熾したばかりの焚き火の前に腰を下ろし、ゆっくりと小枝をくべていた。父は母の背後に座り、母の首と肩をもみほぐしていた。駆け寄るわたしの足音を聞きつけて、二人が目を上げた。

「ベンと夕ごはん食べてもいい？」

母が父を見上げてから、またわたしを見た。「迷惑かけちゃだめよ、坊や」

「誘ってくれたんだ。いま行けば、今夜泊まる準備も手伝ってあげられるんだけど」

母が肩をくねらせると、父はまたそこをなでさすった。母がわたしに笑いかけた。

「いいけど、あまり夜ふかしさせちゃだめよ」また笑いかける。「キスしてちょうだい」わたしは両手を差しのべた母を抱きしめ、口づけした。

父も口づけしてくれた。「シャツをよこしなさい。お母さんが夕食の支度をするあいだ、わたしにもやることができるから」父はシャツを脱がせ、縁の破れた部分に触れた。

「このシャツ、あきれるほど穴あきだらけだな」

わたしがどもりながら説明しようとすると、父に一蹴《いっしゅう》された。「わかってる、わかってる、理由あってのことなんだろう。もっと気をつけろよ、でないと自分で繕《つくろ》わせるぞ。おまえのかばんに洗い立てのがあるから、取ってくるときに針と糸も持ってきておくれ。頼むよ」

わたしは一目散に駆けていって荷馬車の後部に入り、洗い立てのシャツを引っ張り出した。針と糸を探していると、母の歌が聞こえてきた――

「夕暮れに太陽が沈んでいくとき
高いところからあなたの姿を探しましょう
あなたのお帰りは遅いけれど
わたしの愛は永久《とこしえ》に」

父が返す――

「夕暮れに光が消えていくとき
わたしの足はようやく家路をめざす
風がため息をついて柳を吹き抜ける
どうか炉の火を燃やしていておくれ」

荷馬車から出てくると、父が劇的に母にかぶさり、接吻していた。わたしは針と糸をシャツのそばに置いて、待った。熱烈な口づけのようだった。それを注意深く見ながら、将来わたしにも女性に口づけしたくなるときが来るのではないかとぼんやり思った。そのときが来たら、ちゃんとした口づけをしたいと。

父がわたしに気づいて、母を立たせた。「半ペニーいただきますぞ、のぞき屋殿」と父が笑う。「なぜまだいるんだい？　これにも半ペニー賭けよう。質問したくてのろのろしてる、そうだろ？」

「どうして灰色石があると止まるの？」

「慣習だよ、坊や」と、両手を大きく広げて大げさに言ってみせる。「それと迷信。まあ、二つは同じものだがね。止まるのは、幸運を招くため、そして、思いがけずみんなが休みを取れるからだ」間を置く。「その石について、ちょっとした詩を知ってたな。どうだっけ……」

「眠りの中の引き石のように
古道のそばに立つ石は
妖《フェイ》へと深く誘《いざな》う道
丘や谷に置く置き石のように続く灰色石が
導く先は、なんとかかんとか〝エル〟」

父は立ったまま宙を見つめて下唇を引っ張っていたが、とうとうかぶりを振った。「最後の一行の終わりが思い出せない。だいたい詩はきらいだよ。旋律なしで言葉を覚えられるわけがない」額にしわを寄せて集中しながら、口だけ動かして言葉を並べた。

「引き石って何？」

「ローデン石の古い呼び名よ」と母。「ほかの鉄をすべて引き寄せてしまう、星からの鉄のかけらなの。ずっと前、骨董の飾り棚で見たわ」まだつぶやいている父を見上げる。「ペレレシンでローデン石見たわよね？」

「ふう〜ん？　なんだって？」その質問で父は我に返った。「うん。ペレレシン」また唇を結んで眉を寄せる。「いいかい坊主、何は忘れてもこれだけは忘れるな。詩人は歌えない音楽家だ。言葉は人の心を打つ前にまず人の精神を見つけなくてはならないんだが、一部の者の精神は情けないほど小さな的《まと》でね。音楽は、それを聴く者の精神がどれほど小さくても頑固でも、その心に直接触れるんだ」

母が少しばかり淑女にふさわしからぬ音を立てて鼻を鳴らした。「エリート主義ね。あなた、歳なのよ」大げさにため息をついてみせた。「ほんと、くどくなるのは哀れなり、次に消えるは記憶力」

父が憤然としたふうを装ってみせたが、母は無視してわたしに言った。「それに灰色石のそばに旅の一座がとどまるのは、怠惰という慣習以外にないの。こんな詩があるわ――

〝どんな季節に旅していても
口実作っちゃ
荷を降ろす
ローデン石でも
置き石でも〟」

父が目に暗い光をちらつかせながら、母の背後にまわった。「歳ですと？」抑えた声で言いながら、また母の肩をなでさする。「奥様、あなたが間違っていると証明してさしあげましょうか」

母が苦笑いした。「だんなさま、そうさせてあげてもよろしいわよ」

わたしは二人に話し合いをさせておくことにし、ベンの荷馬車に駆け戻ろうとすると、父が背後から呼びかけた。「明日、お昼ごはんのあとに音階の練習をしようか。それから『ティンバーティン』の二幕も」

「うん」わたしは駆け出した。

ベンの荷馬車に戻ると、彼はすでにアルファとベータを引き具からはずして、ブラシをかけているところだった。わたしは火を熾そうと、乾いた葉のまわりに大きめの小枝を積み上げていった。

また沈黙。ベンが慎重に言葉を選ぶように話し出した。「お父さんの新曲について、どれほど知っとるのかね」

「ランレの曲？ あんまり。父さんのやり方は知ってるでしょ。できあがるまでだれにも聞かせないよ。ぼくにもね」

「曲そのもののことじゃなくて、それにまつわる話じゃ。ランレの物語だよ」

わたしは去年父が集めて聞かせてくれたいくつもの話を思い浮かべ、共通する点を探った。「ランレは王子様。王様かな。重要人物。ランレは世界のだれよりも強くなりたかった。力を得るために魂を売ったんだけど、何かがおかしくなって、気が狂ったか、二度と眠れなくなったか……」ベンが首を振っているのを見て、やめた。

「魂は売らなかった。たわごとだ」ベンは大きくため息をついたので、体がしぼんでしまったように見えた。「やり方を間違えたかな。お父さんの歌はもういい。それについては完成したら話すことにしよう。ランレの話を知れば、考えるきっかけになるかもしれない」

ベンが深く息を吸って、作戦を変えた。「軽率な六歳の子どもがいるとしよう。どれほどの害をもたらすかな？」

どういう答えを期待しているのかわからなかったので、返事に困った。普通に答えておくのがいちばんだろう。「あまり」

「では二十歳で相変わらず軽率だったら、どれほど危険かな？」

わかりきった答えに終始することにした。「それでもあんまり害は及ぼさないけど、六歳の子よりは危険だよ」

「剣を持たせたらどうなるかな？」

相手の言いたいことがわかり始めて、目を閉じた。「もっともっと危険。わかったよ、ベン。よくわかった。力があることはかまわないし、愚かさも普通は無害。力と愚かさが一緒になると危険なんだね」

「愚かとは言わなかったぞ」とベンが正した。「おまえは賢い子だ。それはわしもおまえも知っとる。だがおまえは軽率なときがある。賢く軽率な者は、もっとも恐ろしい存在の一つなのだ。さらに悪いことに、わしはおまえに危険なことも教えてきた」

ベンはわたしが準備した焚き火に目をやり、葉を一枚拾い、言葉をつぶやいて、小枝に囲まれた焚きつけの真ん中で小さな炎が燃え上がるのを見つめていた。わたしに顔を向けた。「あんな簡単なことでも死にかねんぞ」不快そうに笑ってみせる。「あるいは風の名前を探したりすれば」

また何か言いかけたがやめて、両手で顔をこすった。大きなため息をついたので、しぼんだように見えた。両手を離すと、疲れた顔になっていた。「いくつだったかな」

「来月で十二歳」

首を振る。「つい忘れてしまう。振る舞いが歳相応じゃないから」棒で火をつつく。「大学で学び始めたとき、わしは十八だった。今のおまえくらいの知識を備えたのは二十《はたち》だ」火を見つめる。「悪いな、クォート。今夜は一人にしておくれ。考えたいことがあるんだ」

わたしは黙ってうなずいた。ベンの荷馬車へ行き、鉄輪と鍋、水とお茶を集めた。それを持って戻り、ベンのそばにそっと置いた。わたしがそこを離れようとしたときも、ベンは火を見つめていた。

両親はわたしがしばらく戻らないと思っているはずなので、森へ向かった。わたし自身も考えるべきことがあった。ベンにはそのくらいの借りはあった。それ以上に報いることができればいいのにと思ったよ。

いつもの陽気なベンに戻るまで、一旬間かかった。しかし元に戻っても、以前のようには付き合えなかった。親友同士に変わりはなかったが、二人のあいだに何かが生じ、彼が意識的に距離を置いているのがわかった。

授業は停止状態に近かった。錬金術の初歩的な勉強をやめさせ、化学だけにした。古文字術は教えてくれず、その上、わたしに使わせても安全だと考えるささやかな共感術しか教えてくれなくなった。

わたしは遅れにいら立ったが、それを口には出さず、自覚して慎重きわまりない姿勢を示していれば、ベンは態度をやわらげていつもの状態に戻るだろうと信じた。わたしたちは家族同然なのだし、二人のあいだのどんな問題もいずれおさまるはず。時間が解決してくれる。

二人の時間が足早に終わりに近づいていることなど、知るよしもなかった。

第十五章　宴と別れ

その町の名はハロウフェルといった。腕のいい車大工がおり、荷馬車のほとんどは点検や修理が必要だったので、五日ほどそこにとどまった。待っているときに、ベンが結婚を申しこまれ、迷わずこれを受けた。

相手は未亡人で、そこそこ裕福で、そこそこ若く、わたしの未熟な目にも、そこそこ魅力的に映った。表向きには息子に個人教授してくれる人が必要だということだったが、二人が一緒に歩いているところを見ればだれでも事情はお見通しだったよ。

夫は醸造者だったが、二年前に溺死した。その後醸造所を運営しようとがんばったが、専門的な知識がなくてうまくいかず……

これでおわかりのように、どうがんばってもベンにこれ以上の罠を仕掛けるのは不可能だったと思うね。

計画は変更になり、一座はもう数日ハロウフェルにとどまることとなった。わたしの十二回目の誕生日は繰り上げられ、誕生会とベンのお別れ会を一緒にやった。

それがどんなものだったか思い描くには、旅芸人同士が芸をひけらかし合うほど盛大なものはないとわかっておいてもらう必要がある。優れた芸人は上演ごとにそれが特別なものという印象を与えようとするが、実際にはすでに何百人もの観客の前で披露したことのある芸と同じものを見せているだけだ。きわめて熱心な一座でも、たまには気が抜けたような芸でお茶を濁すことがあるし、ましてそれで文句が出ないと思えばなおさらだ。

小さな町、田舎の宿、そういった場所の人々にはいい芸と悪い芸の区別はつかないが、仲間の芸人はわかる。

そこで考えてみてほしい。自分の芸を千回も見た人たちを楽しませるにはどうしたらいいか。昔の芸を引っ張り出す、新しいのを試してみる、うまくいきますようにと願う。そしてもちろん、大失敗は大成功と同じほど楽しいものなんだよ。

その夜は、つらさ混じりのほのぼのとした気持ちに包まれた、おぼろげな、すばらしい記憶として残っている。フィドル、リュート、太鼓。だれもが心のままに演奏し、踊り、歌った。きっと、みなさんの想像できるどんな妖精の宴にも負けないものではないかな。

わたしは贈り物をもらった。トリップは、「男子なら何か怪我のもとを持たなくちゃ」と言って、帯に差す革の握りがついたナイフをくれた。シャンディからは、男の子の宝物用に小さなポケットをあちこちにつけた、手縫いのすてきな外套をもらった。両親からはリュートをもらった。なめらかな黒い木でできた美しいものだった。もちろん一曲演奏することになり、ベンが一緒に歌ってくれた。慣れていない楽器の弦を相手に少し指がすべり、ベンは一、二回音程をはずしたが、いい感じだったな。

ベンが、「こういうときのために」取っておいたという蜂蜜酒が入った小さな樽を開けた。そのときの、甘美で、つらくて、沈んだ気持ちに似た味がしたのを覚えているよ。

何人かが、《最高の醸造者ベンのバラード》を共作した。父が小型ハープを弾きながら、モデグ王族の歌でもあるかのように、おごそかに歌い上げた。全員腹がよじれるほど笑い、ベンは人の倍も笑っていたっけ。

その夜どのあたりだったか、母がわたしをさっと引き寄せて、大きな円を描いて踊った。母の笑い声は、風の中を追いかけてくる調べとなって響いた。髪とスカートが、わたしのまわりでまわった。母親にしかない、安心できる匂いがした。その匂い、そして笑いながらすばやくくれた口づけは、すべての芸を合わせたよりも、ベンがいなくなる鈍い痛みを楽にしてくれた。

シャンディは、ベンのために特別な踊りを披露しようと申し出た。ただし、本人が彼女のテントに見に来たら。わたしはベンが赤くなるのを見たことがなかったが、このときばかりは真っ赤になった。しばらくためらってから遠慮したが、断腸の思いでいるらしいのは見え見えだった。シャンディはずっと練習していたのに、と抗議し、かわいらしくふくれてみせた。しかしとうとうベンをテントに連れこみ、二人は一座の声援を受けて中へ消えていった。

トリップとテレンが剣で戦うまねを披露した。それは、息をのむような剣術、劇的な独白（テレンが担当）、トリップがその場で考え出したに違いない道化で構成され、野営地全体を使って展開された。戦いの途中でトリップが自分の剣を折り、女性のドレスの下に隠れ、腸詰めを剣の代わりにし、大怪我をしないのが奇跡と思えるような途方もない曲芸を披露した。ただしズボンは背中まで破れてしまったがね。

ダックスは大々的に火を吹いている最中に自分に火をつけ、水をかけてもらうはめになった。少し髭を焦がし、わずかに自尊心が傷ついただけですんだ。ベンから茶碗に入れた蜂蜜酒をもらい、「だれにでも眉毛があるわけじゃない」と諭されてやさしく介抱してもらい、すぐに立ちなおった。

両親は《サヴィエン・トラリアード卿の歌》を歌った。この曲もほかの数々の名曲同様イリエンが作った作品で、一般的には彼の最高傑作と考えられていた。

美しい曲で、父が最後まで演奏するのを聴いたのは、四、五回ほどしかなかったので、いっそう感激した。とてつもなく複雑な曲だから、一座の中できっちり演奏できるのは、おそらく父だけだっただろう。それとさとられることはなかったが、さすがの父にもむずかしかったはずだ。母が、やわらかく軽やかな声で唱和した。二人が息を継ぐと、火すら鎮まるかに見えた。わたしは、心臓が上昇しては急降下するような感じを覚えた。

歌の悲劇性もさることながら、二人の声が完璧に絡み合う至福に涙した。

そう、わたしは曲の終わりに泣いた。そのとき泣き、その後も聴くたびに泣いた。その歌詞を読み上げるだけでも涙が出るだろう。人間ならばだれしも、その物語に感動するのではないか。

曲が終わると一瞬静まり返り、だれもが目をぬぐい鼻をかんだ。立ちなおれるだけの時間が過ぎたのち、だれかが「ランレ！　ランレ！」と声を上げた。

数人がそれに続いた。「そうだ、ランレ！」

父が苦笑いを浮かべ、首を横に振った。曲が完成するまで、その一部を披露することは絶対になかったからだ。

「いいでしょ、アール！」シャンディが叫んだ。「長いことあったためてるんだから、ちょっと味見させて」

父は微笑みを浮かべたまま、また首を振った。「まだできてないんだよ」身をかがめ、注意深くリュートをケースにしまった。

「はじめだけでも聞かせてくれよ、アーリデン」と、今度はテレン。

「そうだよ、ベンのためにさ。ベンに悪いよ、あんたがずうっとそれ相手にぶつぶつやるのを聞かされた挙げ句なんにも……」

「……じゃなかったら、奥さんと荷馬車の中で何やってんのかなって……」

「歌って！」

「ランレ！」

トリップがすばやく全員をまとめ、大声でいっせいに唱和するよう煽った。父は一分近く抵抗したが、かがんでケースからまたリュートを取り出した。全員が喝采した。

父が座りなおすと、たちまち聴衆は静かになった。たった今しまったばかりなのに、父は一、二本調弦した。指を曲げ伸ばしし、試しにいくつか低く音を鳴らしてからそうっと曲に入っていったので、いつのまにか曲が始まっていた。父の声が、上下する旋律に乗って語り出した。

「座ってお聴き、遠く過ぎ去った昔に
作られ忘れられた話を
ある男の話を歌うから
誇り高くばねのごとくたくましきランレ
構えたるは鋼の剣
聞くがいい。戦い、倒れ、また起きて
再び倒れたことを。襲いかかる影の下に倒れたことを
愛ゆえに、故国への愛ゆえに
妻ライラへの愛ゆえに滅びしも、妻の呼ぶ声に
死の扉を抜けて立ち上がり
吹き返した最初の息で妻の名を口にしたと人は言う」

父が息を吸い、続けるというように口を開けたまま間を置いた。すると、意地の悪い

笑みをにやりと浮かべ、体をかがめて、用心深くリュートをしまいこんだ。叫びが上がり、野次が飛んだが、今のを聴けただけ幸運だということは全員承知していた。だれかが踊りの曲を始めると、抗議の声はやんだ。

父と母が踊った。母は父の胸に顔を寄せ、どちらも目を閉じていた。満ち足りているようだった。そういう相手を、抱きしめて目を閉じ、束の間何もかも忘れてしまえる相手を見つけられたら、幸運だ。たとえ一分しか、一日しか続かないとしても。あれから長い年月が経つが、わたしが心に描く愛とは、音楽に身を預けてそっと揺れていた二人の姿なのだよ。

そのあとでベンが母と踊ったのだが、彼のステップは安定していて風格があった。寄り添う二人は、それは美しかった。老いて、白髪で、でっぷりしていて、顔にはしわがあって、焼けて半分眉毛がないベン。細身で、生き生きとして、明るくて、白くなめらかな輝く肌を火明かりに照らされた母。二人は対照をなして引き立て合っていた。二人が一緒のところを見ることはもうないだろうと思うと、つらかった。

そのころには、東の空が白み始めていた。別れを言おうと、みんなが集まってきた。思い出せないんだよ、発つときにベンになんと言ったのか。情けないほど言葉足らずに思えたのは覚えているが、わかってくれていたはずだ。彼は、教えたことをむやみに使って問題を起こさないよう約束させた。

わずかに身をかがめてわたしを抱きしめてから、髪をくしゃくしゃっとやった。そんなことをされてもうれしいくらいだった。仕返しのつもりでベンの眉毛をなでつけてやったよ。一度やってみたいと思っていたからね。

驚いた表情もすばらしかったな。またわたしを抱き寄せ、そして離れた。

「この町の近くに来たら、一座を連れて戻ってくるよ」と両親が約束した。座員はみな、連れてこられるまでもないと言った。しかし、わたしは幼かったが本当のことを知っていた。今度ベンに会えるまで、長い時間がかかるだろうと。何年も。

その朝出発したときのことは覚えていないが、眠ろうとすると、寄り添ってくれるのはほろ苦く鈍い痛みだけで、ひとりぼっちになってしまったと感じたことはよく覚えているよ。

その午後遅く目を覚ますと、傍らに包みが一つ置かれていた。粗布に包まれ麻紐がかけられており、わたしの名前が書かれた鮮やかな色の紙が留められ、小さな旗のように風に揺れていた。

包みを開けると、見覚えのある表紙の本が出てきた。書名は『修辞と論理』で、論法を教えるのにベンが使っていた本だ。十数冊だけの彼のささやかな蔵書の中で、唯一わたしが読み通さなかったものだ。大嫌いな本だった。

開くと、表紙の裏側に書きこみがあった――

クォートへ
大学ではしっかり身を守れ。わが誇りとなれ。
お父さんの歌を心に刻むこと。愚行に用心。
きみの友人、アベンシー

ベンとは、大学進学の話はいっさいしなかった。もちろん、いつの日か大学に行くという夢は抱いていたが、その夢を両親に語るのはためらわれた。大学に行くことはすなわち、両親から、一座から、わたしが知るすべての人とすべてのものから去るということだったからね。

正直な話、それを考えると怖かった。ひと晩とか一旬間だけではなく、何カ月も何年も一か所に腰を据えるのはどんな感じなのだろう。もう芸もせず、トリップと宙返りをしたり、『願いに三ペニー』でなまいきな貴族の息子の役を演じることもなく、荷馬車にも乗らず、一緒に歌う人もなく。

わたしは何も言わなかったが、ベンなら見当がついたのだろうな。わたしは献辞を読み返し、少し泣き、やるだけのことはやると彼に誓ったんだ。

第十六章　希望

続く数ヵ月間、両親はベンがいなくなって空いた穴を埋めようと手を尽くした。座員たちを連れてきて、わたしが有意義に時間を過ごし、ふさぎこまないようはからった。

旅芸人の一座では、歳はほとんど問題にならないのだよ。馬に鞍をつける腕力があれば鞍をつける。手が器用ならジャグリングする。きれいに髭を剃りドレスが体に合えば、『豚飼いとナイチンゲール』でレイシエル夫人を演じる。通常、事はそのくらい単純なんだ。

だから、トリップはわたしにお笑いと宙返りを教えた。シャンディは六ヵ国それぞれの宮廷ふうの踊りを教えた。テレンは自分の剣の柄《つか》でわたしの背丈を測り、剣術の基本を身につけてもいいころだと判断した。実戦にはまだ早いという点は強調したよ。でも、舞台で演じられるくらいにはなったと言ってね。

この季節は道の状態がよいので、連邦を快調に北へ向かった。興行する次の町を探して、一日二十五キロ、三十キロと移動した。ベンが去って、わたしは父と荷馬車に乗ることが多くなり、本格的な演技の訓練を受け始めた。

もちろんすでにかなり知ってはいたよ。でも無秩序な寄せ集めにすぎなかった。父は、演技者が身につけるべき技巧を系統立てて教えてくれた。口調や姿勢をほんのわずかに変えるだけで、のろまにも、ずるがしこくも、無邪気にも見えるというように。

最後に母からは、上流社会での振る舞いを教えられた。グレイファロウ男爵の屋敷にたまに滞在するうち少しは心得たこともあり、話し方、食事の作法、貴族社会のもったいぶったややこしい序列といったものを今さら覚えずとも、自分では結構上品だと思っていた。しばらくして、母にこう言った。

「モデグの子爵がヴィンタスの洋公よりも位が高かったらなんだっていうの？」わたしは抗議した。「それに、どっちが〝殿下〟でどっちが〝閣下〟だろうが、だれも気にしないよ」

「当人たちは気にするわ」と母がきっぱり言った。「そういう人たち相手に演じる場合は、品位のある振る舞いをして、スープに肘を入れないように心得なければいけないのよ」

「父さんは、どのフォークを使うべきかとか、だれがだれの位が高いかなんて気にかけないよ」

　母は眉をひそめ、目を細めた。

「だれがだれより位が高いかなんて」とわたしがしぶしぶ訂正した。

「お父さんは知らないふりをしているだけで、いろんなことを知ってるわ。そして知らないことでも、とびきりの魅力で軽く受け流せる。そうやって切り抜けてるのよ」母はわたしのあごに手をかけ、自分に向けた。母の瞳は緑色で、まわりを金色の輪が囲んでいる。「あなたはなんとか切り抜けたいだけ？　それとも母さんの誇れる子になりたい？」

　答えは一つしかなかった。ひとたび腰を据えて学ぶと、これまた一種の演技のようなものだった。違う台本だね。母は、作法の中でもばかげたものは、覚えやすいように語呂合わせの句を作ってくれた。また、二人で《大神官のお立場はいつも女王様の下》という卑猥な曲を作った。わたしたちは一カ月間それを歌っては笑っていたが、父の前では歌わないようにと厳しくいいましめられた。いつか父が間違った相手の前でその曲を披露し、一座のみんなが困った事態に陥らないようにね。

「木だ！」先方で叫ぶ声がかすかに聞こえてきた。「オモシカシだ！」

父はわたしに聞かせていた劇中の独白を中断し、いらいらした様子でため息をついた。

「じゃあ、今日はそこで足止めだな」とこぼし、空を見上げた。

「止まるの？」と、母が荷馬車の中から呼びかけた。

「道にまた木が倒れてるんだ」とわたし。

「まったくもう」と父が言って道端に荷馬車を移動した。「王の道のはずだろうに。こんなんじゃ、われわれ以外にはだれも通らないとしか思えん。嵐になったのはいつだっけ。二旬間前か？」

「そんなに経ってない。十六日前だよ」

「なのにまだ木が道をふさいでるわけだ！　これまで倒木を切っちゃ通り道からどけてやった作業代について、領事に請求書送りつけてやろうかね。これで予定よりまた三時間は遅れるぞ」荷馬車が停まらないうちに父が飛び降りた。

「あら、結構な話だわ」と言いながら、母が荷馬車の後ろからぐるりと歩いてきた。

「熱いものを」と父に意味ありげな視線を送る。「食べられるでしょ。あり合わせで間に合わせるのも不満がたまるから。体には不足だし」

父はかなり機嫌がよくなった。「それもそうだな」

「坊や、セージを探してきてくれる？」

「生えてるかなあ、このへんに」と、疑わしいという調子をそこそこ声にこめて言った。

「とりあえず探してみて」と母はもっともなことを言い、目の端で父を見た。「たくさんあったら、抱えられるだけ採ってきてちょうだい。あとで乾燥させるから」

例によって、探しているものが見つかろうと見つかるまいと、さほど問題ではなかった。

夕刻になると、わたしは一座から離れるのが常だった。両親が夕食の支度にかかるとき、たいてい用事を言いつかった。でもそれは、互いから距離を置くための口実だったんだ。旅をしているとなかなか自分だけの時間が持てないし、わたしにも両親にもそれが必要だった。だから、わたしが薪をひと抱え分集めるのに一時間かかっても、二人には好都合だったわけだ。そして戻るまでに二人が夕食の支度にかかっていなくても、まあ、仕方がないだろう？

二人が過ごした最後の数時間が充実していたことを願う。夜を過ごす焚き火を熾したり、夕食に使う野菜を切るといったどうでもいい仕事に時間を費やさなかったことを願う。いつものように、一緒に歌ったことを願う。荷馬車に戻り、互いの腕の中で過ごしたことを願う。そのあとで寄り添って横たわり、たわいないことを静かに語り合ったことを願う。片時も離れず、なにもかも忘れて愛し合っていたことを願う。終わりが来たそのときまで。

つまらん願いだし、虚《むな》しいだけだな。どのみち二人は死んでしまったんだから。

それでも、わたしは願う。

その夕刻、わたしが森でただひとり、子どもが暇つぶしに考え出す遊びをして過ごした時間のことは、わたしの人生の気ままな最後の数時間、幼年時代の最後の時間のことは省くことにしよう。

太陽が沈み始めたころ、野営地に戻っていったときの様子も省こう。壊れた人形のように点在する死体の光景も、血と燃える髪の毛の匂いも、茫然として前後もわからなくなり、衝撃と恐怖で麻痺してしまい、あてもなくさまよっていたことも。

実のところ、その夜のことは、すべて省いてしまいたい。ある重要な断片さえなければ、それについてはいっさいお聞かせしたくないところだが、その断片は不可欠なのだ。それは、物語が開く扉のように回転するための蝶番《ちょうつがい》だ。ある意味で、物語はここから始まる。

だから、片づけてしまおうじゃないか。

あちらこちらから立ちのぼる煙が、動かぬ宵の空気に垂れこめていた。一座の全員が何かに耳を傾けているかのように、息をひそめているかのように、あたりは静まり返っていた。風がのらりくらりと木々の葉と格闘し、煙のかたまりを低く浮かぶ雲のようにわたしの方へとふわり運んできた。わたしは森から踏み出し、煙を抜け、野営地に入っていった。

雲状の煙をよけ、ヒリヒリする目をこすった。見まわすと、トリップのつぶれかけたテントが本人の焚き火の中でくすぶっているのが見えた。防水処理をした粗布が断続的に燃え、刺激臭を放つ灰色の煙が、ひっそりした夕暮れの空気の中で地面近くに垂れこめていた。

テレンの死体が彼の荷馬車のそばに横たわっていた。折れた剣を手に持ち、普段着ている緑色と灰色の服は、血に濡れて赤く染まっていた。片方の脚は不自然にねじ曲がり、皮膚を突き破って見えている裂けた骨は真っ白だった。

わたしは、テレンから、灰色のシャツ、赤い血、白い骨から目をそらせず、立ちすくんでいた。本の中の図を理解しようとするように、それを見つめていた。体の感覚がなくなっていった。糖蜜ごしに考えようとしているような感じだった。

わずかに残った理性的な部分は自分が深い衝撃を受けていることを認識し、その事実を繰り返しわたしに告げた。わたしはベンに教わったことを総動員して、それを無視した。見たもののことを考えたくなかった。ここで起こったことを知りたくなかった。こんなことにどんな意味があるのかなど、少しも知りたくなかった。

どれくらい経ったのだろうか、ひと条《すじ》の煙が視界をよぎった。ぼうっとしたまま、いちばん近くにあった焚き火のそばに腰を下ろした。シャンディの焚き火。そこにかけられた小さな鍋の中で、じゃがいもがふつふつと煮えていた。この混沌の中に見慣れたものがあることに、奇妙な感じを覚えた。

鍋に、普通のものに、神経を集中した。棒で中身をつついたら、煮え上がっているのがわかった。普通のこと。火から鍋をはずし、シャンディの死体のそばの地面に置いた。裂かれた衣がまわりに広がっていた。顔から髪を払ってやると、戻した手に血がべったりついていた。光の消えた虚《うつ》ろな目に、火明かりが映っていた。

立ち上がり、あてもなく見まわした。そのころにはトリップのテントは完全に炎上し、シャンディの荷馬車はマリオンの焚き火の中に車輪一つで立っていた。うっすらと青く染まった炎が、その光景を夢のようなものに、現実離れしたものに見せていた。

声が聞こえた。シャンディの荷馬車の角からのぞくと、見知らぬ男女が数人、火を、両親の焚き火を囲んで座っているのが見えた。めまいに襲われ、体を支えようと片手を伸ばして荷馬車の車輪をつかむと、補強の帯金が手の中で崩れ、ざらざらした茶色い錆の薄片となってぱらぱら落ちた。手を離すと、車輪がきしみ、亀裂が入った。後ろに下がるとそれは崩れていき、木材が腐った古い切り株のように崩れて、荷馬車が裂けた。

そのため、焚き火全体が丸見えとなった。男の一人が後転し、立ち上がりざま剣を抜いた。男の動きは、水銀が瓶からテーブルの上に楽々としなやかに転がり出る動きを思い起こさせた。表情は引き締まっていたが、体は立ち上がって伸びをしたというようにまったく緊張がなかった。

剣は白っぽく優美で、動かすと鋭い音を立てて空《くう》を切った。息をするだけで痛みを覚え、何もかもがじっとしている厳寒の日にうずくまる静けさを思い起こした。

男はわたしから七メートルほど離れていたが、残照の中でもその姿ははっきり見えた。今でも、母と同じくらい、ときにはもっとはっきり思い出せる。顔は細面《ほそおもて》で、磁器のように完璧な美しさをたたえていた。髪は肩までの長さで、霜の色をしたゆるい巻き毛が顔を囲んでいた。冬色の生き物。男のすべてが冷たく、鋭く、白かった。

ただし目は違う。目はヤギの目のように黒く、瞳がなかった。目は彼の剣に似て、焚き火や沈みゆく太陽の光を反射してはいなかった。

わたしを見ると、男は緊張を解いた。剣先を落とし、完璧な象牙色の歯を見せて微笑んだ。それは悪夢の表情だった。身を守る分厚い毛布のように体にしっかりと巻きつけている混乱を貫かれるような感覚を覚えた。何かがその両手をわたしの胸に深々と差し入れ、ぎゅっとつかんだ。人生、心底恐怖に震えたのは、そのときが初めてだったかもしれない。

焚き火のそばで、灰色の髭をたくわえたはげた男がクスクス笑った。「子ウサギを取り逃がしていたようだな。気をつけろよシンダー、歯が鋭いかもしれんぞ」

シンダーと呼ばれた男が、冬の氷の重みで砕ける枝のような音を響かせて、鞘《さや》に剣を納めた。距離を保ったまま膝をついた。再度、水銀が動くさまを思い起こした。わたしと目線をそろえた男の表情は、光沢のない黒目の陰で不安げになっていった。「坊や、名前は？」

わたしは驚いた子鹿のように固まって、押し黙ったままそこに立っていた。

シンダーはため息をつくと、しばらく地面に目線を落としていた。また顔を上げたとき、虚《うろ》のような目で哀れみがわたしを見ていた。

「お若いの、ご両親はいったいどこにいる?」シンダーはしばらくわたしの目を捕らえてから、仲間が腰を下ろしている焚き火の方を肩ごしに振り返った。「この子のご両親がどこにいるか、だれか知っているか?」

幾人かが、とりわけ愉快な冗談を楽しんでいるかのように、とげとげしい冷淡な笑いを浮かべた。一人二人、声を立てて笑った。シンダーがまたわたしを見ると、哀れみは割れた仮面のようにはらりと落ち、顔には悪夢の薄笑いだけが残った。

「これはご両親の焚き火か?」と、恐ろしい悦びを秘めた声で訊いた。

わたしはただうなずいた。

男の笑みがゆっくりと消えた。無表情に、わたしをじいっとのぞきこむ。静かで、冷ややかで、鋭い声でこう言った。「だれかのご両親が、まったく不適切なたぐいの歌を歌っていたんだよ」

「シンダー」焚き火の方から、冷え冷えとした声がした。

男はいら立ち、黒い目を細め、声をひそめて「なんです?」と訊いた。

「もうひとことでおまえはわが不興を買うぞ。その子に罪はない。やわらかく安らかな毛布のような眠りに戻してやれ」眠りという言葉が言いづらいというように、冷たい声がわずかにつっかえた。

その声は、焚き火の端で影に包まれ、ほかの者たちから離れて座っている男のものだった。空は夕焼けでまだ明るく、焚き火とその男が座っている場所のあいだには何もないというのに、男のまわりにはどろりとした油のように影がたまっていた。火は生き生きとして暖かく、うっすらと青い色に染まってはじけて踊っていたが、明滅する火の光は男に近づかなかった。頭のまわりをいちだんと濃い影が取り巻いていた。修道士の外套についているような深々とした頭巾がちらりと見えたが、影の下は底深く、真夜中に井戸をのぞいているようだった。

シンダーが影に覆われた男にちらりと目をやってから、顔をそむけた。「あなたはしょせんただの見物人だ、ハリアックス」と言い返す。

「そしておまえは、われわれの目的を忘れているようだな」と、闇の男が冷えた声をますますとがらせて言った。「それとも、単におまえの目的が違うということか、わたしの目的とは」最後の数語を、特別な意味があるとでも言うように慎重に口にした。

バケツから水がこぼれ出るように、シンダーから横柄さがたちまち消えた。「いいえ」と焚き火の方を向く。「いいえ、もちろんそのようなことはございません」

「それは結構。長い付き合いがこれで終わりとは思いたくない」

「それはわたくしとて同じ」

「われわれの関係を、再度復唱してはもらえぬか、シンダー」と影の男が言った。口調は忍耐強いが、そこには怒りが深く刻まれていた。

「わ……わたくしはあなたにお仕えし……」シンダーがなだめるような仕草をした。

「おまえはわが手中の道具にすぎぬ」と影の男が穏やかにさえぎった。「それ以上のなにものでもない」

シンダーがかすかに反抗するような表情になり、ひと呼吸置いた。「そんな……」

やわらかな声が、ラムストン産の鋼の棒のように堅くなった。

「フェルーラ」

シンダーの水銀のような優美さが消えた。彼は突然痛みで体を硬直させ、よろめいた。

「おまえはわが手中の道具にすぎぬ」と冷ややかな声が繰り返す。「言うがいい」

シンダーは一瞬怒ったように歯を食いしばったかと思うと、身を震わせ、人間というより手負いの獣のようにあえぎながら言い放った。「わたくしはあなたの手中の道具にすぎません」

「ハリアックス卿」

「わたくしはあなたの手中の道具にすぎません、ハリアックス卿」とシンダーが言いなおし、震えながら崩れ、膝をついた。

「シンダー、おまえの名の内実を知る者はだれだね？」教師がみんなの忘れた授業を復習するように、ゆっくりと忍耐強く言葉を発した。

シンダーは震える両腕で自分を抱きかかえ、うずくまり、目を閉じた。「あなたでございます、ハリアックス卿」

「アミルから、歌い手たちから、シスから、害を加えようとするあらゆるものからおまえを守っているのはだれだね？」ハリアックスが、本当に答えを知りたがっているというように、穏やかにていねいに訊いた。

「あなたでございます、ハリアックス卿」シンダーが、押し殺したような声で苦しげに答えた。

「おまえはだれの目的に仕えるのだ？」

「あなたの目的にでございます、ハリアックス卿」言葉を絞り出す。「あなたのです。だれのでもなく」緊迫した空気は消え、シンダーの体から突然力が抜けた。前のめりに倒れ両手をつくと、顔から汗が滴り落ちて、雨のように地面を叩いた。白い髪が顔のまわりにだらりと垂れた。「ありがとうございます」と、あえぎつつ本心から言った。

「二度と忘れません」

「忘れるだろうよ。おまえは残酷なお遊びがお気に入りだからな。おまえたち全員」ハリアックスが頭巾をかぶった顔を前後に揺らし、焚き火を囲んで座っている者たちを一人ひとり見ると、彼らは居心地悪そうに身じろぎした。「今日、同行することにしてよかった。おまえたちは好き勝手をやってわき道にそれている。中には、われわれが探しているもの、達成せんとしているものを忘れてしまったとおぼしき者もいる」焚き火のまわりの者たちがそわそわした。

頭巾がシンダーに向きなおった。「だが許そう。こういう形で思い出させなかったら、わたしかもしれないからな、忘れてしまうのは」最後の言葉を言うとき、語気を鋭くした。「では、終えて……」影の頭巾がゆっくりと空を見上げるにつれ、冷え冷えとした声が消えていった。予期されていたように、沈黙が流れた。

焚き火のまわりの者たちは微動だにしなくなり、気を集中しているといった顔つきになった。薄明かりに照らされた空の同じ一点を見ているかのように、風に漂う何かの香りを嗅ごうとしているかのように、いっせいに頭を上に向けた。

見られているという感覚がわたしの注意を引いた。緊張感が漂い、空気の質感が微妙に変化したのを感じた。それに集中した。気をそらしていられることに安堵した。たとえ数秒でも、はっきりと考えることから遠ざけてくれるどんなものでもありがたかった。

「あの者たちが来る」とハリアックスが静かに言った。立ち上がると、影が黒い霧のように体の外側へ噴き出したように見えた。「すみやかに。わたしのもとへ」ほかの者たちが焚き火のまわりから立ち上がった。シンダーもあわてて立ち上がったが、火の方に五、六歩よろめいた。

ハリアックスが両腕を広げると、彼を取り囲んでいた影が花のように開いた。するとほかの全員が慣れたようにすうっと向きを変え、ハリアックスの方へ、彼を取り囲む影の中へ足を一歩踏み出した。だが足を降ろすごとに動きは遅くなり、まるでそれが砂でできていて風に吹かれたというように、そっと消えていった。そのとき振り向いたのは、悪夢の目にかすかな怒りを宿したシンダーだけだった。

そして彼らはいなくなった。

続いて起こったことを語って、あなた方をわずらわせるのはやめよう。死体から死体へと走り、ベンに教えられたとおりまだ息があるか無我夢中で確かめたことを。墓を掘ろうと虚《むな》しい試みをしたことを。指がすりむけ血がにじむまで土を引っかいたことを。父と母を見つけたときのことを……。

真夜中、ようやくわたしたち一家の荷馬車を見つけた。馬が死にぎわに、道沿いにそれを百メートル近くも引きずっていたのだ。中は普段とどこも変わりなく、整頓され、静かだった。荷馬車の後部が父と母の匂いに満ちていることに愕然とした。

荷馬車の中のランプと蠟燭に、一つ残らず明かりを灯した。明るくなっても安らぎは得られなかったが、それは青い色に染まっていない、金色に輝く本物の炎だった。父のリュートが入ったケースを下ろした。リュートをそばに置いて、両親の寝台に横たわった。母の枕は、母の髪の、抱擁の香りがした。眠ろうと思っていなかったのに、眠ってしまった。

咳をして目が覚めた。あたりが火と燃えていた。言うまでもなく蠟燭が原因だった。衝撃で無感覚のまま、持ち物をいくつか袋に詰めた。だらだらと、漫然と、恐れも抱かずに、燃えている自分の敷布団の下から、ベンにもらった本を取り出した。たかが炎など、もう恐ろしいものか。

父のリュートをケースにしまった。盗んでいるような気持ちになったが、ほかに二人を思い出させてくれそうなものは思いつかなかった。二人の手が、その木を何千回となくかすめたのだから。

そしてそこを去った。森へ踏み入り、夜明けが東の空の端を染め始めるまで歩き続けた。鳥が歌い出したとき、足を止めて荷を下ろした。父のリュートを取り出して、胸にかき抱いた。そして奏でた。

指が痛んだが、それでも弾いた。弦に血がにじむまで弾いた。太陽が木々のあいだから射しこむまで弾いた。腕が痛くなるまで弾いた。思い出すまいとしながら弾き続けた。眠りに落ちるまで。

第十七章　幕間・秋

クォートは紀伝家を片手で押しとどめ、生徒に向きなおって顔をしかめた。「そんな目で見るな、バスト」

バストは涙を流さんばかりだった。「だって、レシ」と声を詰まらせる。「そんなことがあったなんて知らなかった」

クォートが、手で空《くう》を切るような仕草をした。「知りようがないだろう、バスト。それにおまえが大騒ぎする必要もない」

「でもレシ……」

クォートは生徒をキッと見た。「なんだ、バスト。わたしに泣いて髪の毛をかきむしれというのか？　テフルと天使たちを呪って？　胸を叩いて？　いや。そんなものは低級な芝居だ」表情がどこかやわらいだ。「気づかいはうれしいが、これは物語のほんの一部で、しかも最悪の部分ですらない。そして同情狙いで語っているのではないからな」

クォートはテーブルから椅子を引き、立ち上がった。「どのみち、ずっと昔のことだ」はねのけるような仕草をする。「時は偉大な癒《いや》し手というじゃないか」手をこすり合わせる。「さてと、夜を越せるだけの薪を持ってこよう。この様子だと寒くなりそうだ。外に行っているあいだにおまえはパンを二つ焼く準備をして、少しは落ち着け。おまえの腫れぼったい牛みたいな目で見られちゃ、続きも話せやしない」

そう言うと、カウンターの後ろへまわり、調理場を抜けて宿の裏口へ向かった。

バストはぐいと目をこすり、師が出ていくのを見送ると、「あの人は忙しくしていればだいじょうぶ」とつぶやいた。

「今、なんと？」紀伝家が反射的に言った。席を立ちたいが礼を失することなくどう申し入れたらいいか思いつかないというように、座ったままもぞもぞと体を動かした。

バストがあたたかい微笑みを浮かべた。目は人間らしい青に戻った。「あなたがどなたかうかがい、先生がご自分の話をなさると聞いて、本当にうれしかったんだよ。先生は最近ひどく沈んでいて、抜け出すためにすることもなく、座ってふさいでるしかなかったんだ。楽しかったころのことを思い出せば先生もきっと……」顔をしかめる。「うまく言えてないいな。先ほどはごめんなさい。頭が混乱してしまって」

「と、とんでもない」と紀伝家があわててどもった。「わたしの方こそ……わたしが悪かった、申しわけない」

バストが首を横に振った。「あなたは驚いたけど、おれを縛ろうとしただけだった」少しつらそうな表情になる。「快くはなかったけどね。股間を蹴られた衝撃が体全体に及んだような感じかな。気分が悪くなって力が抜けるけど、でもただの痛みだけだ。実際に傷を受けたわけじゃない」バストは恥じ入っている様子だった。「こっちはあなたに傷を負わせるだけですませるつもりじゃなかった。考えるまもなくあなたを殺してしまったかもしれない」

気まずい沈黙が長引く前に、紀伝家が言った。「二人とも大ばか者だというあの方の言葉を認め、それでおさめてはどうかな？」こういった状況ではあったが、弱々しくも心からの笑みを浮かべた。「仲なおりだ」と片手を差し出す。

「そうしよう」二人は、さっきとは比べものにならないほど心をこめて握手した。バストがテーブルごしに手を伸ばすと、袖口からのぞいた手首のまわりにあざが見えた。

バストが気にして袖を引き下ろした。「先生につかまれたときについたんだ」とあわてて言った。「見かけより強いから。あざのことは言わないでくださいよ。あの人を後悔させるだけだ」

クォートは調理場から戸外に出て、後ろ手に扉を閉めた。見まわすと、自分の物語の舞台となっている春の森ではなく、穏やかな秋の午後であることに驚いた様子。平底の手押し車の持ち手を上げ、落ち葉を足でザクザク踏みながら、それを宿の裏手の林に押していった。

少し行ったところに、冬に使う薪があった。木の幹と幹のあいだにカシとトネリコが積まれ、ゆがんだ高い壁を作っている。クォートが薪を二本手押し車に投げこむと、それはくぐもった太鼓のような音をたてて底に当たった。続いてまた二本。動作は的確で、表情はなく、目は遥かだった。

手押し車に薪を積み続けているうち、機械が徐々に減速するように、動作が鈍った。やがて完全に動きが止まり、彼は石のようにしばらくじっと立っていたのだが、とうとう平静を失った。見る者などだれもいないのに、両手で顔を隠し、声も立てずに泣いた。重々しい無音のむせび泣きが、波のように押し寄せてはその身を砕いた。

第十八章　安全な場所に向かう道

人間の心が持っているもっとも優れた能力は、苦痛に対処する能力ではないだろうか。昔の教えに、心には四つの扉があり、必要に応じてそこを通り抜けるとある。

一つ目は眠りの扉だ。眠れば、世の中とそこにあるあらゆる苦痛から退却できる。眠れば、時をやり過ごし、自分を傷つけたものから距離を置くことができる。人は傷を負うと、気を失うことが多い。同じように、衝撃的な知らせを受けると、気が遠くなったり気絶したりすることがよくある。一つ目の扉を抜けることで、心は苦痛から身を守るのだ。

二つ目は忘却の扉だ。傷の中には、深すぎて決して癒《い》えない、あるいは深すぎてすぐには癒えないものがある。加えて、多くの記憶はただただ苦痛に満ちたものだから、癒《いや》す術はない。「時はすべての傷を癒す」ということわざは間違いで、「時は大方の傷を癒す」というのが実のところだろう。癒されなかった傷は、この扉の陰に隠れている。

三つ目は狂気の扉だ。心はとてつもない打撃を加えられると、狂気の中に身を隠す。無益なことのように思えるかもしれないが、実は助けになる。現実が苦痛以外のなにものでもなければ、その苦痛を逃れるために心は現実から立ち去らねばならないのだ。最後は死の扉だ。最後の手段。死ねばどんなものにも傷つけられることはない。そう言われている。

家族を殺されたあと、わたしは森深く分け入り、眠りこけた。肉体は眠れと命じ、心は苦痛を鈍らせようと一つ目の扉を使った。傷は覆われ、癒されるときを待った。自己防衛として、心の大部分は機能するのを停止した。眠りについたと言ってもいい。心が眠っているあいだ、前日の苦しみに満ちた体験の数々は二つ目の扉を通された。もちろん完全にではなく、起きたことは忘れようもなかったが、分厚いガーゼごしに見ているように、記憶は不鮮明になった。その気になれば、死者たちの顔、黒目の男の記憶を呼び起こせたかもしれないが、思い出したくなかった。そういったものは押しのけ、ほとんど使われることのないわたしの心の片隅で埃をかぶるままに放っておいた。

夢を見た。血や、どんよりした目や、燃える髪の匂いではなく、もっとやさしいものの夢を。すると、ゆっくりと傷から痛みがなくなり……

それは器量の悪いラクリスと森を歩いている夢だった。もっと幼いころに一座と旅をしていたきこりだ。ラクリスは低木のあいだを静かに進み、わたしは横倒しになった荷車を引きずる手負いの牛よりもやかましい音を立てていた。

しばらく心地よい沈黙が続いたあとで、わたしは植物を見ようと足を止めた。ラクリスがそっと背後に現われた。「ヒゲセージだよ。縁を見るとわかる」後ろから手を伸ばし、葉のその部分をそっとなでる。確かに髭のように見えたので、わたしはうなずいた。「これはヤナギ。皮をかじると痛みがやわらぐ」苦く、少しざらざらしていた。「これはヒゼンコン。葉っぱに触っちゃだめだよ」触らないでおいた。「これはルイヨウショウマ。実は赤くなったら食べてもかまわないが、緑色から黄色、オレンジ色に変わっていくときは絶対に食べないように」

「音を立てずに歩きたいときには、こういうふうに足を出すんだ」やってみると、ふくらはぎが痛んだ。「静かにやぶを分けて、通ったしるしを残さないようにするには、こうすればいい。乾燥した木が見つかるのはこういう場所だ。粗布がないときに雨をしのぐにはこうすればいい。これはチチオヤソウ。食べられるがまずい。この」と指し示す。「チョクサオクサ、ダイダイスジ、こいつは絶対食べちゃだめだ。てっぺんに小さなこぶがついてるのはバラム。チョクサオクサのようなのを食べてしまったすぐあとでなら食べてもいい。胃の中にあるものを吐き出せるから」

「ウサギを殺さずに捕らえるには、こういうふうに罠を仕掛ければいい」紐のまず一方、それからもう一方に輪を作る。

巧みに紐をあやつる手を見ているうちに、いつのまにかラクリスはアベンシーになっていた。二人で荷馬車に乗り、アベンシーから曳索《ひきづな》結びを教えてもらっているところだった。

「結び目というのはおもしろいもんだよ」と結びながらベンが言った。「結び目は紐のいちばん強い部分にもなれば、いちばん弱い部分にもなる。どれだけうまく結ぶかにすべてがかかっているんだよ」両手を持ち上げ、指のあいだに広げたとてつもなく複雑な模様を見せる。

ベンがきらりと目を光らせた。「質問は?」

「質問は?」と父が言った。その日は灰色石に出くわしたので、早い時間に移動をやめていた。父は座ってリュートを調弦し、ようやく母とわたしに曲を演奏しようとしているところだった。曲ができるまで、実に長く待たされた。「質問はあるかい？」と、大きな灰色の石に背をもたせかけ、父が繰り返した。

「どうして道の石のところで止まるの？」

「習慣でね。でもそれがしるしだと言う人もいるんだよ、古道の……」父の声がベンの声に変わった。「……安全な道の。時には安全な場所に向かう道、時には危険につながる安全な道の」ベンが、焚き火で暖まろうとするように、石に向かって片手を差し出した。「しかし石には力が宿っている。そのことを否定するのは愚か者だけだ」

するとベンはいなくなり、ただ一つ立っていた石が増えていた。一か所でこれほど多くの石を見たことはない。わたしはまわりを石で二重に取り囲まれた。二つの石のてっぺんに一つの石が渡されて大きなアーチを作り、その下に濃い影ができていた。それに触れようと手を伸ばすと……

そこで目が覚めた。このときまで、わたしの心は生々しい苦痛を覆い隠していた。根と果実のさまざまな名前、火をつける四通りの方法、若木と紐だけで作る九種類の罠、水を探す方法で。

夢に出てきたこれ以外の事柄についてはほとんど考えなかった。ベンから曳索結びを教えてもらったことはなかったし、父はついに曲を完成させなかった。

持ち物を確認した。粗布の袋、小さなナイフ、玉状に巻いた紐、蠟、ペニー銅貨一枚、シム鉄貨二枚、ベンにもらった『修辞と論理』、着ている服と父のリュートのほかには、何もなかった。

飲み水を探しにいった。「何よりも水だ」とラクリスが言っていた。「それ以外は数日なくても困らない」地勢を考慮しつつ、獣道をたどった。樺《かば》の木立の中に泉の水が流れてできた小さな池を見つけるころには、木々の向こうで空が紫色にたそがれていくのが見えた。ひどく喉が渇いていたが、用心してほんの少しだけ飲んだ。

次に、木の虚《うろ》と、木の枝が作る天蓋の下から、乾いた木を集めた。簡単な罠を仕掛けた。煙母草の茎を数本集め、裂けて血がにじんでいる指に液を塗った。刺すようにしみるおかげで、指を傷めた理由を思い出さずにすんだ。

液が乾くのを待ちながら、初めてぼんやりとあたりを見まわしてみた。樫の木と樺の木が場所を争っていた。その幹は、枝が作る天蓋の下で、明るい部分と暗い部分を交互に並べて模様を作っていた。池が小川となって、石を渡り東へと流れていた。その光景は美しかったのかもしれないが、わたしはその美しさに気づかなかった。気づくことができなかった。わたしにとっては木々は避難場所で、下生えは栄養源で、月の光を反射する池を見れば、喉の渇きを思い出すだけだった。

また、池の近くに大きな長方形の石が横倒しになっていた。数日前なら、それはただの灰色石だっただろう。今は、寝るとき背中をもたせかけられる、効果的な風よけだった。

森のてっぺんの向こうに星が出ているのが見えた。つまり、試しに水を飲んでから数時間経ったということだ。気分が悪くならなかったので、水は安全だと判断し、たくさん飲んだ。

その結果、元気を回復するどころか、耐えがたいほど空腹を覚えた。池の縁《ふち》にある石に腰かけた。煙母草の茎から葉をもいで一枚食べた。ざらざらして、薄く、苦かった。残りも食べたが、空腹はおさまらなかった。また水を飲んでから、眠ろうと横になった。石が冷たく固いことも気にせずに、あるいは、ともかく気にしないふりをして。

目を覚ますと、水を飲み、仕掛けた罠を見にいった。驚いたことに、早くもウサギが紐にかかってもがいていた。ナイフを取り出し、ラクリスがウサギのさばき方を見せてくれたときのことを思い出した。そして、手に血がついたらどういう感じがするだろうと思った。気分が悪くなり、吐いた。ウサギを放し、池に戻った。

また水を飲み、石に腰かけた。少しめまいがし、空腹のせいかと考えた。まもなく頭がはっきりし、自分の愚かさを責めた。枯れ木にタナキノコが生えているのを見つけ、池で洗ってから食べた。じゃりじゃりして、土のような味がした。見つけた分は全部食べた。

新たに罠を仕掛けた。かかったときに殺せる罠。そして空気に雨の匂いを嗅ぎ取ったので、リュートをしまう場所を作ろうと、灰色石のところへ戻った。

第十九章　指と弦

当初わたしは、自動人形のようにほとんど何も考えず、生きるのに必要な活動をしているだけだった。

捕まえた二羽目、そして三羽目のウサギを食べた。野いちごの生えている場所を見つけた。根っこを掘った。四日目の終わりまでには、生存に必要なものをすべてそろえた。石を並べた焚き火の穴、リュートを保管しておく場所。緊急事態に備えて、ささやかながら食料まで備蓄した。

必要ではないものも一つ持っていた。時間だ。さしあたって必要なものをそろえると、することがなくなった。このときに、心のどこかが再びゆっくりと目覚め始めたのだと思う。

勘違いしないでほしいが、本来の自分ではなかったよ。少なくとも一旬間前と同じ自分ではなかった。やるべきことはどれも全力をあげてやったから、どの部分も回想する余裕などなかった。

わたしはどんどんやせ細り、みすぼらしくなっていった。雨に打たれ、太陽に照りつけられ、やわらかな草の上で、湿った土の上で、とがった石の上で眠った。あまりの悲しみに、どんなことにも徹底して無関心になっていたんだ。まわりの状況を気にするのは、雨が降ったときだけ。そうなるとリュートを取り出して弾くことができず、つらいから。

もちろんリュートは弾いたよ。それだけが慰めだったんだ。

最初の月の終わりまでには指に石のように堅いたこができて、何時間でも弾けるようになった。覚えている曲をすべて、繰り返し弾いた。次にうろ覚えの曲も弾いた。忘れてしまった部分をなんとか埋めながら。

やがて、目を覚ましてから眠りにつくまで弾き続けられるようになった。知っている曲を弾くのをやめ、自分で曲を作り始めた。

前にも何曲か作ったことがあるし、父の詩作を一つ二つ手伝ったことだってある。だが今度はそれに全力を注いだんだ。そのときの何曲かは、今日に至ってもわたしとともにある。

まもなく弾き始めたのは……なんと説明したものかな。

曲としてまとまってはいないものを弾き始めたんだよ。太陽が草を暖め、そよ風が体の熱を冷ますときの、何か感覚があるだろう。その感じを的確に表現できるまで弾くんだ。「暖かい草」と「ひんやりしたそよ風」のように聞こえるまで弾くわけだ。

自分のために弾いているにすぎなかったが、わたしは厳しい聴衆でもあった。「風が葉をそよがせる」感じをつかもうとして、三日近く費やしたこともある。

二カ月目の終わりまでには、対象を見て感じたままを音に映して弾けるようになった。「太陽が雲の陰に沈む」、「鳥が水を飲む」、「露がシダを濡らす」。

三カ月目のどこかで、外を見るのをやめ、奏でるものを求めて内側を見るようになった。弾けるようになったのは——《ベンと荷馬車に乗る》、《焚き火のそばで父さんと歌う》、《シャンディが踊るのを見る》、《天気がいい日に落ち葉を踏む》、《母さんが微笑む》……

言うまでもなく、こういった情景を演奏するのはつらかったが、それはやわらかい指がリュートの弦に触れるような痛みだった。少し血が出た。すぐ硬くなるようにと願った。

———

夏の終わりが近づいたある日、弦が一本切れて修理もできない状態になった。なすべもなく、その日はほとんど茫然としていた。相変わらず心は無感覚で、眠った状態に近かった。いつもの賢さもほの暗い影になっていたが、なんとか集中して解決方法を考えた。自分で弦を作ることも新しい弦を手に入れることもできないと悟ったあと、座りなおして、六本の弦だけで弾く練習を始めた。

一旬間のうちに、七本の弦で弾いていたときと同じくらいうまく弾けるようになった。三旬間後、《雨の中で待つ》を弾いていたとき、二本目の弦が切れた。

今回は迷わなかった。役に立たなくなった弦をはずし、また練習を始めた。

《収穫する》を中ほどまで弾いたとき、三本目の弦が切れた。半日近く弾いてみて、三本なくてはかなわないとあきらめた。そこで、なまくらなナイフ、半分に減った玉状に巻いた糸、ベンからもらった本をぼろぼろの粗布袋に詰めこんだ。そして父のリュートを肩にかけ、歩き出した。

《秋の終わりの枯れ葉とともに雪が舞う》、《たこができた指》、《四本弦のリュート》をハミングしたが、弦を奏でるのと同じわけにはいかなかったよ。

道を見つけ、それをたどって町へ行こうと計画した。道から、そして町からどれくらい離れているのか、どちらの方向にそれらはあるのか、なんという名前なのか、見当もつかなかった。連邦の南のどこかにいるのはわかっていたが、正確な場所は心の中に埋もれており、掘り出したくない記憶ともつれていた。

天気のおかげもあって決心がついた。秋のすがすがしさは冬の寒さに変わり始めていた。南はここより暖かいと知っていた。ほかにいい案を思いつかなかったので、太陽を左肩に見て、進めるだけ進むようにした。

次の旬はつらかった。持っていたわずかな食料はすぐに底をつき、腹が減ったときは歩みを止めて探しまわらなくてはならなかった。数日水が見つからないこともあり、見つけてもそれを運ぶ容れ物がなかった。荷馬車が走る小道がそれより広い道につながり、それがさらに広い道につながっていた。足が靴の内側でこすれ、水ぶくれができた。厳寒の夜もあった。

宿はちらほらあったが、かいば桶から水を盗むとき以外は近づかないようにしていた。小さな町もいくつかあったが、大きい町をめざさなければならなかった。農夫にはリュートの弦は必要なかったからね。

しばらくは、荷馬車や馬が近づく音が聞こえるたび、足を引きずって道端へ移り、身を潜めた。家族が殺された夜以来、だれとも口をきいていなかった。十二歳の少年というよりは、野生動物に近かった。しかしやがて道がやたらと広くなり、人通りが増えてきたので、歩くより隠れている方が多くなった。とうとう思いきって通行人に加わると、だれも気に留めないのでほっとしたよ。

ある朝、歩き始めて一時間も経たないころ、荷馬車が一台後ろから近づく音がした。二台並んで走れるくらい道幅があったが、ともかく道端の草が生えている場所へ移動した。

「おい、坊主！」と後ろから荒っぽい男の声がした。振り向かなかった。「おーい、坊主！」

振り向かず、さらに道から離れて草むらに入っていった。足元の地面から目を離さなかった。

荷馬車がゆっくりとわたしの横手に止まった。さっきの倍も声がとどろいた。「坊主。坊主ってばよ！」

目を上げると、しわの深い年寄りが太陽に目を細めていた。四十歳から七十歳のあいだだろうが、見当がつかなかった。老人のとなりには、頑丈な肩をした器量の悪い若者が座っていた。親子だろうと思った。

「おめえ、耳聞こえねえのが？」と老人。

首を横に振った。

「んじゃ、口きけねえのが？」

また首を振った。「いいえ」だれかに話しているのが不思議な感じだった。使っていなかった声は、かすれて錆びつき、妙だった。

老人が目をすがめてわたしを見た。「街さ行ぐのが？」

もう口を開きたくなかったので、うなずいた。

「んじゃ、乗れや」荷馬車の後ろをあごでしゃくってみせる。「サムはよ、あんたみてえなちっこいの引っ張っても、どってことねえさな」ラバの尻を軽く叩く。

逃げるよりも、従う方が楽だった。それに、足にできた水ぶくれが靴の中の汗でヒリヒリしていた。幌なしの荷馬車の後ろへまわり、よじ登り、リュートを引っ張り上げた。後部の四分の三は大きな麻袋でいっぱいで、口の開いた袋からこぼれた丸いでこぼこのカボチャが数個、あてもなく床を転がっていた。

老人が手綱を揺らした。「ほりゃ！」とせき立てると、ラバはいやいやながら速度を速めた。わたしは転がっているカボチャをいくつか拾い、口が開いてしまった袋に詰めた。老いた農夫が肩ごしに笑いかけた。「ありがとな、坊主。おらはセスで、こいつはジェイク。座っとった方がええぞ、でごぼごさぶつかっと、落っこっちまうがらな」わたしは理由《わけ》もなく緊張し、何が起こるのかわからずに、袋の上に座っていた。

老いた農夫は手綱を息子に渡すと、二人のあいだに置かれた袋から、大きな茶色いパンを一つ取り出した。老人はそのパンを適当に大きくちぎり、厚くバターを塗り、わたしにくれた。

このさりげない親切に、胸がしめつけられた。半年、パンなど口にしていなかった。パンはやわらかくて温かく、バターは甘かった。今後のために取っておこうと、かけらを一つ自分の袋に入れた。

十五分ほど無言のまま過ぎたのち、老人がこちらに半分顔を向けた。「坊主、あんたあれ弾ぐのが？」リュートのケースを身振りで示す。

わたしはそれを体に引き寄せた。「壊れてるんです」

「んだが」と、がっかりした。降りろと言われるのかと思ったら、老人は笑みを浮かべ、傍らの男にうなずいた。「ほなら、おらだぢがあんたのごど楽しませっとすっか」

老人は《よろず屋タナー》を歌い出した。酒盛りの席で歌われる、神より古い歌だ。

すぐに息子が加わり、二人のがらがら声は自然に調和した。それを聞き、わたしの中の何かが疼《うず》いた。何台ものほかの荷馬車、いくつものほかの歌、忘れかけていた家を思い出して。

本書は、『キングキラー・クロニクル第一部　風の名前』（上・中・下）として二〇〇八年に白夜書房から刊行されたものを、五分冊にして文庫化したものです。

異世界ファンタジイ屈指の傑作シリーズ、開幕

SF翻訳家・書評家
大森　望

『風の名前』は、パトリック・ロスファスのデビュー長篇にして、全世界で一千万部以上を売った超人気異世界ファンタジイ・シリーズ《キングキラー・クロニクル》の第一部（The Kingkiller Chronicle: Day 1）。原書 ***The Name of the Wind*** は二〇〇七年に米国DAW Booksから六六二ページのハードカバーで刊行。早くも翌二〇〇八年には、白夜書房から、大判ハードカバーの上中下・三分冊で邦訳された。本書は、その白夜書房版を五分冊にしたうちの一冊目ということになる。

近年の異世界ファンタジイとしては、ジョージ・R・R・マーティン《氷と炎の歌》（TVドラマ『ゲーム・オブ・スローンズ』の原作）に次ぐ大成功を収めたシリーズで、現在、劇場映画化とTVドラマ化が同時に進行しているが（詳細は後述）、残念ながら

日本ではまだそれほど知られていない。ロスファスってだれ？　キングキラーってなに？　三部作の第一部だけで文庫本五冊ってどういうこと⁉　と、本書の購入をためらう人も多いだろう。

実際、『風の名前』はかなりのスロースターターなので、この本一冊を読んでも、メインの物語はまだろくに始まりもしない。舞台はどんな世界だかよくわからないし、主人公らしき男はなんだかさえないおっさんだし、話の行き先がなかなか見えないし、これ、ほんとに面白くなるの？

と懐疑的になるのはもっともですが、解説者として断言する。本書に始まる『風の名前』（および《キングキラー・クロニクル》）は、絶対に面白い。とりたててこのジャンルが得意ではない（むしろたいていの異世界ファンタジイに食傷している）大森が言うんだからまちがいない。この解説の依頼を受けたときも、十年前に白夜書房版で読んだ印象が（最近の小説にしては珍しく）けっこう強く残っていたので、再読するまでもないかと思っていたところ、文庫版五冊分のゲラをPDFで送ってもらって最初のほうをぱらぱらiPhoneで読みはじめたら止まらなくなり、村上春樹の新刊を放り出して二日がかりで読み通したほど。本書を評して、「二度目に読んでも、一度目とおなじように夢中になれる。ほとんどの作家が、こんな小説が書けたらなあと夢に見ることしかできない、理想の第一長篇」と書いたのは〈パブリッシャーズ・ウィークリー〉ですが、まさにそのとおり。

あなたがさほど熱心なファンタジイファンじゃないとしても、物語が好きで、魔法や異世界に抵抗がないなら、文庫本で全五冊、本文総計一三二〇ページに及ぶ『風の名前』（およびこれから邦訳される第二部、これから原書が刊行される第三部）は、至福の時を約束してくれるはず。この《キングキラー・クロニクル》は、《ハリー・ポッター》の大ブーム以降、雨後の筍《たけのこ》のごとく大量に刊行された現代ファンタジイ群の中でも指折りの傑作なのである。解説者の褒め言葉なんか信用できないという人のために、『風の名前』に寄せられた多数のコメントの中から、代表的な二つを抜粋して引用する。

「みなさんお立ち会い。こいつは本物だ。《ハリー・ポッター》シリーズよりかなりダークだが、これもまた成長物語《ビルドゥングスロマン》——長じて伝説の英雄となる人物の少年時代と教育と訓練の物語だ。七〇〇ページ近い大長篇ながら、無駄な部分は一語もない。（中略）最低でも、《ハリー・ポッター》の最終巻が出るまでの無聊を慰める役に立つことはまちがいない。ただし、警告しておく。『風の名前』のあとでは、《ハリー・ポッター》の新作はちょっとばかり薄っぺらで——あえて言えば——子どもっ

ぽく見えるかもしれない」（オースン・スコット・カード）

「ファンタジイを書くには言葉を正確に使うことが絶対的に不可欠だと思いますが、それだけでなく、（本書のパトリック・ロスファスのように）言葉の中にほんとうの音楽を宿して書くことのできる作家に遭遇することは、めったにない経験であり、大きな喜びです……ああ、最高！」（アーシュラ・K・ル・グィン）

ぼく自身が本書を読みながら強く連想したのは『エンダーのゲーム』と《ゲド戦記》だったので、この二人の絶賛はさもありなんという感じ。それ以外にも、アン・マキャフリイ、ロビン・ホブ、テリー・ブルックス、タッド・ウィリアムズ、ロバート・J・ソウヤー、ジョー・ウォルトンなど錚々たる顔ぶれが賛辞を寄せている。

それでもまだ信用できないという人のために、このシリーズのおおまかな設定を紹介しよう。

物語の舞台は、地図を見ていただければわかるとおり、文明の四界（The Four Corners of Civilization）と呼ばれる四つの文化圏を有する大陸。南西の連邦（The

Commonwealth)、北西のセアルド、北東のモデグ、南東のヴィンタスに分かれ、東西の中間にアトゥール帝国と小王国群、連邦の南のセンテ海にイルがある。第二巻以降の主舞台となる大学（the University）は、連邦の中心、イムリの町の近くに位置している。

主人公は、かつて〝無血のクォート〟（Kvothe the Bloodless）、〝秘術士クォート〟（Kvothe the Arcane）〝王殺しのクォート〟（Kvothe Kingkiller）の異名をとった伝説の英雄。いまはコート（Kote）と名を変えて、道の石亭（the Waystone Inn）という安宿を経営している。高名な〝紀伝家〟（Chronicler＝伝記作者、記録者）のデヴァン・ロッキースは、伝説のクォートを探し求めてついに道の石亭にたどりつき、ぜひとも身の上話を聞かせてほしいと亭主に頼み込む。

紀伝家はあとへ引かなかった。「あなたはただの神話だと言う人もいます」
「わたしは確かに神話だよ」とコートが大げさな身振りをしながらあっさり言う。
「自分で自分を創り出す特別な神話だ。わたしについていちばんよくできた嘘は、わたしが自分で語ったものだ」（本書第六章）

ロッキースの著書『ドラッカス類の交配習性』を読んでいたこともあって、コートは紀伝家の申し出を受けるが、それには条件があった。すなわち、「語るのには三日かかる」「きっちりやるか、まったくやらないかのどちらかだ」。

紀伝家はこの条件を呑み、かくして三日にわたって語られる長い物語の幕が開く。以後、コートが紀伝家に物語を語っている現在（三人称パート）は小説の外枠になり、〝わたし〟の一人称で語られるクォートの物語のあいだに、ときおりそれが「幕間」としてはさみこまれるスタイルをとる。

実際にクォートの物語がはじまるのは、第七章の途中、この文庫版で一〇〇ページをすぎてから。クォートはまず、旅芸人一座に生まれたみずからの生い立ちから語り起こす。父親のアーリデンは、傑出した役者であり、歌手であり、リュート演奏家。エディーマ・ルーと呼ばれる移動民族の一員で、グレイファロウ男爵の庇護を受けた旅芸人の一座を率いて各地を転々としている。母親は言葉の才に秀でた美女で、貴族の出身だが、アーリデンと恋に落ち、一座に加わった。荷馬車に揺られて町から町へと旅するあいだに、父母から楽器や歌の手ほどきを受け、すくすくと成長してゆくクォート。

やがて、あらゆる学問に精通した秘術士アベンシー（通称ベン）が仲間になると、クォートはその知識を貪欲に吸収し、やがてアベンシーからも将来を嘱望されるまでになる。この子はゆくゆく大学へ行って、ひとかどの秘術士になれるのではないか……。

ところが、十二歳のとき、ある悲劇的な事件によって、クォートは両親と一座の庇護を離れ、たったひとりで生きていくことを余儀なくされる。身ひとつで投げ出された彼は、紆余曲折の挙げ句、タルビアンの町へと向かう……。

と、この巻の物語はそこまで。『風の名前』のメインパートは、二巻以降、苛酷なサバイバル生活を経て、艱難辛苦のすえ大学に入学し、秘術士としての勉強を始めてからになる。

正規の教育を受けずに育った野生児のような主人公が、少年期の鍛錬と持ち前の才能をフルに生かして、エリートたちの集団の中でのし上がってゆくわけで、さしずめ『巨人の星』の星飛雄馬（または『侍ジャイアンツ』の番場蛮）とか、『ガラスの仮面』の北島マヤとか、そんなタイプ。彼を目の敵にする教授や同級生の中でしたたかに生き抜いていくところは、ホグワーツ魔法魔術学院入学当初のハリー・ポッターとか、バトル・スクール時代のエンダー・ウィッギン（『エンダーのゲーム』）を思い出させる。ただし、クォートの場合、タルビアンの路上生活で辛酸を舐めたおかげで、目的のためには手段を選ばない図太さと悪知恵と負けん気の強さを身につけている。周囲から一目置かれるために、教授や有力な学生とも平気で対立し、徹底的に闘い抜く。そのために使う手練手管や、危機一髪のサスペンスが第二巻以降の読みどころ。

同じ秘術校で学ぶ学生たちとの友情、運命の女性との恋、勉学と音楽の日々も描かれるが、いちばんの特徴はとにかく金銭的に苦労するところ。クォートの最大の目標は知識を得ることだが、そのため、ひたすら学費稼ぎに追われることになる。その意味では、苦学生ファンタジイと呼ぶべきかもしれない。

もうひとつのポイントは、《ハリー・ポッター》のヴォルデモートのように、このシリーズにおける究極の悪を体現するチャンドリアン（The Chandrian）。「そう。すべての始まりはそこにあると思う。多くの意味、これはチャンドリアンについての物語なのだ」とクォート自身が前置きするとおり、作中になかなか姿を見せない彼らが物語の隠れた中心となる。チャンドリアンとは、神話や伝説に登場する邪悪な存在。アベンシーの説明によれば、テム語（古代言語）で〝七人の者たち〟を意味し、「晴れ渡った青空から稲妻のように現われ」て、理由も調べもなくただ破壊する。クォートとチャンドリアンの因縁と、彼らにまつわる謎がシリーズ全体を牽引してゆくことになる。

第一部のタイトルの「風の名前」とは、《ゲド戦記》でもおなじみの、真の名前を知ることで相手を支配できるという考えに基づく。風の名前を知れば風を自在に操れるというわけだが、風にかぎらず、〝名前〟は、このシリーズの鍵を握る。

彼はコートと名乗っていた。ここにやって来たとき、慎重に名前を決めた。新たな名をつけた理由のほとんどはどこにでもあるものだったが、いくつか特別な理由もあった。その理由の一つは、名前が彼にとって重要なものであったということだ。

（本書第一章）

「ことばだ。ことばは忘れられた名前の色あせた影でしかない。名前は力を持つので、ことばも力を持つ。ことばは人の心を燃え立たせる。ことばはかたくなな心から涙を絞り出せる。七語で愛をもたらすこともできる。十語で強い人の意志をくじくこともできる。だがことばはしょせん、絵に描いた炎にすぎないんだ。名前は炎そのものとなる」（『風の名前』第五巻第八十六章）

つまり本書は、名前を知ること、知識を得ることについての物語だと言ってもいい。クォートの旺盛な知識欲は、作者自身の人生をある程度反映しているようだ。このあたりであらためて著者の経歴を紹介しておこう。

パトリック・ロスファス（Patrick Rothfuss）は、一九七三年、ウィスコンシン州マディスン生まれ。幼い頃から物語を読み聞かせてくれた両親の影響もあって、大の小説好きになり、小学校五年生の時分から、一日一冊（短いものなら二冊）は読んでいたという。そのほとんどがファンタジイかＳＦで、その頃から自分でも短篇や詩を書きはじめたらしい。

ウィスコンシン大学スティーヴンズ・ポイント校に入学すると、化学工学を皮切りに、さまざまな専攻を転々として、なんと九年の長きにわたり大学に在籍。最終的に英文学の学士号を取得して卒業したのは一九九九年のことだった。

ワシントン州立大学の大学院に進んで修士号を取得したあと、今度は教師としてウィスコンシン大学スティーヴンズ・ポイント校に戻る。そのあいだじゅう、ずっと書き続けていたのが、のちに《キングキラー・クロニクル》となる小説の草稿だった（友人たちとのあいだでは、The Book「例の本」と呼ばれていたとか）。

この小説を出版してくれる版元を求めてあちこちに原稿を送ったものの、なかなか芳《かんば》しい反応は返ってこない。しかし、やがて転機が訪れる。その長大な小説の一部（のちに『賢者の怖れ』として刊行される第二部の一章分）を“The Road to Levinshir”という題名の独立した短篇小説に仕立て直し、ＳＦとファンタジイの小説新人賞、「未来の作家」（the Writers of the Future）コンテストに応募したしたところ、二〇〇二年第二四半期の第一席を獲得したのである。

「未来の作家」コンテストは、サイエントロジー教会（ダイアネティクス）の創始者でSF作家のL・ロン・ハバードが新人作家の発掘を目的として一九八三年に創設した新人賞で、作品を商業出版したことがない作家志望者ならだれでも無料で作品を応募できる（分量の上限は、四百字詰め原稿用紙換算で百三十枚程度）。日本ではあたりまえだが、アメリカでは定期的に作品を公募している小説新人賞が非常に少ないという事情もあって、このコンテストは競争率が高く、毎回数千通の応募があるという。この賞を受賞したことで、作品がペーパーバック・オリジナルの受賞作アンソロジー、*Writers of the Future 18* に掲載され、ロスファスはめでたく商業媒体デビューを果たす。これによって、ようやく編集者に原稿をちゃんと読んでもらえるようになり、そのアドバイスのもと、《キングキラー・クロニクル》を三部作に仕立てることを条件に、DAW Booksとの契約に漕ぎつける。

そして二〇〇七年三月、第一部となる『風の名前』がついに刊行。出版社の強力なプッシュもあってたちまち大人気を博し、無名の新人のデビュー作ながら、〈ニューヨーク・タイムズ〉紙のベストセラーリストに名を連ね、大手の出版社やTV局、書店が後援する文学賞、クウィル賞（Quill＝羽根ペン）のSF／ファンタジイ／ホラー部門を受賞した。

この成功で、ロスファスは大学の仕事を辞めてフルタイムライターとなり、二〇一一年には、第二部の『賢者の怖れ』*The Wise Man's Fear* を刊行。こちらは、ニューヨーク・タイムズのベストセラーリストで（ファンタジイ部門のみならず）ハードカバー部門の第一位に輝く快挙を達成した。

ジョージ・R・R・マーティンはブログで、「待った甲斐があった。夜明け近くまでかかって、一日で一気読みしたけど、早く次の巻が読みたくてもうずうずしている。このロスファスってやつはほんとにすごいね」と絶賛。〈パブリッシャーズ・ウィークリー〉は「異世界ファンタジイの金字塔」と評した。

さらに、この第二部刊行後、シリーズのスピンオフ中篇が二篇書かれている。“The Slow Regard of Silent Things”は、『風の名前』文庫版三巻から登場する謎のキャラクター（大学の地下に住んでいるらしい年齢不詳の女性）アウリが主人公。もともと、ジョージ・R・R・マーティンとガードナー・ドゾアが共同で編者をつとめるオリジナル・アンソロジー *Rogues* のために書きはじめた作品だが、長くなりすぎたために中断。そのかわりに、本書にも登場するバストを主役にした中篇“The Lightning Tree”を書き、そちらが *Rogues* に収録された（二〇一四年六月刊。その後、単独でリリースされた電子書籍版は、《キングキラー・クロニクル》第二・四部と謳われている）。

"The Slow Regard of Silent Things" のほうは、友人でもあるイラストレーター、ネイト・テイラーの挿絵を入れて、二〇一四年十月に中篇単体で単行本化された（こちらは《キングキラー・クロニクル》第二・五部とされている）。

現在、著者は《キングキラー・クロニクル》第三部にあたる ***The Door of Stone*** を執筆中。二〇一七年中にも刊行予定。

また、冒頭で触れたとおり、二〇一五年には、《ソウ》シリーズなどで知られる映画制作配給会社ライオンズゲートがこのシリーズの映像化権を取得。『風の名前』を原作とする劇場映画版と、同じ世界を共有する（原作のプロットに縛られないオリジナルストーリーの）ＴＶシリーズ版の製作が同時に進行している。どんな映像になるか、いまから楽しみだ。

HM=Hayakawa Mystery
SF=Science Fiction
JA=Japanese Author
NV=Novel
NF=Nonfiction
FT=Fantasy

キングキラー・クロニクル①

風《かぜ》の名前《なまえ》1

〈FT588〉

二〇一七年三月二十五日　発行
二〇一七年六月二十五日　三刷
（定価はカバーに表示してあります）

著者　パトリック・ロスファス
訳者　山《やま》形《がた》浩《ひろ》生《お》
　　　渡《わた》辺《なべ》佐《さ》智《ち》江《え》
　　　守《もり》岡《おか》桜《さくら》
発行者　早川浩
発行所　株式会社　早川書房
郵便番号　一〇一 - 〇〇四六
東京都千代田区神田多町二ノ二
電話　〇三 - 三二五二 - 三一一一（大代表）
振替　〇〇一六〇 - 三 - 四七七九九
http://www.hayakawa-online.co.jp
乱丁・落丁本は小社制作部宛お送り下さい。
送料小社負担にてお取りかえいたします。

印刷・株式会社亨有堂印刷所　製本・株式会社フォーネット社
Printed and bound in Japan
ISBN978-4-15-020588-1 C0197

本書は活字が大きく読みやすい〈トールサイズ〉です。